感情の海を泳ぎ、言葉と出会う
荒井裕樹

感情の海を泳ぎ、言葉と出会う　目次

装幀＝名久井直子
装画＝shunshun

はじめに——とはいえ、を重ねながら綴る

良い文章とは何だろう。

どうしたら良い文章が書けるのだろう。

この本は、そんな疑問について考えることを目的にしている。

とはいえ、最後まではっきりした答えは示せないだろう。

むしろ、良い文章とは何かについて、悩んだり迷ったりすること自体を味わうような本にしたい。


この本は、喩えるなら、探し物を探すことを愉しむような本かもしれない。良い文章について考える本だからといって、読んだ後に文章力が向上するとは限らない。読みやすい文章を書くための技術を解説することもないし、文章を理知的に見せるためのコツを伝授することもない。この本のおかげで職場の報告書が褒め

られるようになることもないだろうし、授業のレポートで高評価が得られるようになることもないだろう。

それでも、この本は良い文章を探し求める人の味方ではある。そうなってほしいと祈るような気持ちで書いている。良い文章を書きたいと密かに願っている人たちと、その願いを分かち合うような本にしたい。

とはいえ、そもそも良い文章とは何なのか。

*

なんだかんだ言っても、文章とは結局のところコミュニケーションのツールなのだから、優先されるべきは、情報が誤解なく伝わることなのだろう。

もちろん、人と人とのやりとりは形式も大事な要素だから、文章にもその場にふさわしい装いが必要になる。上司に宛てた業務メールにも、顧客に送る謝罪文にも、結婚式の祝辞にも、パートナーへのメッセージにも、それぞれ求められる「らしさ」というものがあって、きちんとそれを装うことで避けられるトラブルも少なくない。だから、社会生活が滞らない程度に適切な文章を書けるスキルは、誰にとってもそれなりに必要なものだと思う。

良い文章というのは、基本的には誤読されることなく、かつ、その場にふさわしい文章のことなのだろう。というより、日常生活を送る上でそれ以上の文章を求められる機会なんてほとんどないから、こうした技術を分かりやすく解説した方が世のため人のためになる。

とはいえ、文章の善し悪しの何たるかを、技術や形式の問題としてだけ考えることに違和感を覚える人もいるだろう。私も、その一人だ。

良い文章というのは、もう少し違うものでもあるはずだし、あってほしい。誰かとの意思疎通を円滑にするとか、滞りなく社会生活を送れるとか、そういった分かりやすい目的や役割を超えた存在意義を持つ文章も、きっとあるはずだし、あってほしい。

綴ることが、生きることにもつながるような文章。

自分が生きていることを、自分自身に感じさせてくれるような文章。

そうした類いの文章が、きっと存在する。少なくとも、存在していてほしいという願いを、私は抱いている。

この本は、そうした願いを抱く人と、その願いの輪を広げていくための本にしたい。

とはいえ、そうは言っても、良い文章とは何なのか。

*

良い文章とは何かについて、一度あらためて言葉にしてみたい――私がこんなことを考えるようになったのには、小さなきっかけがある。小さなきっかけが降り積もっていって、気がついたら大きな動機になっていたように思う。

授業で会う学生。講演やトークイベントに来てくれた人。私の本を読んでくれた読者。こうした人たち――多くは二〇～三〇代の若い人たち――から、良い文章を書きたいとか、良い文章に憧れを持っているとか、そういった話題や相談を持ちかけられることがある。

私が文学者や作家と名乗っていること、人権や差別といったややこしい問題について発信していることが影響しているのかもしれない。なんとなく、文章に詳しい人と見做《みな》してもらえているらしい。

こうした話をしてくれるのは、やはり、文章を綴ることに相応の思い入れがある人のようで、文芸サークルに所属していたり、ソーシャルメディアで発信を続けていたり、文学フリマのようなイベントで自作の冊子を売っていたり、最近小さな書店でよく開催されている読書会に通っていたりする。

手がける文章は小説だったり、詩だったり、エッセイだったり、書評だったり、書評とまではいかない感想だったりと、多岐にわたるようだけれど、どのようなジャンルにせよ、自分を伝えたいとか、自分で自分を確かめたいとかいった気持ちを文章に託している（託してしまう）人たちのように見える。

もちろん、若い人たちといっても一様ではないから、自分を綴る若い人たちも様々で、そうした人たちの自分を表す言葉の有り様も多種多様だ。

視聴回数を上げようと躍起になる動画配信サイトみたいな話し方をする人もいるし、短い対話なのに（短い対話だから?）どちらが上か白黒つけたがるような言葉遣いの人もいる。不思議と自己顕示欲がなくて、むしろ大人しく引っ込み思案な人もいる。私に声をかけることさえ、勇気を振り絞る必要があるくらいに。

こうした一人一人が、現代の若者の自分の表し方を体現していると思えば、学者としての私には、皆それぞれ興味深い。ただ、物書きとしての私は、自己顕示欲があまりないのに自分を綴ろうとする人たちに不思議と強く心惹かれる。

気になって話を聞いてみると、一昔前の文章家志望が持っていたようなギラギラした野心——小説で新人賞を取りたいとか、商業出版で印税を得たいとか——は、あまりない。というより、ほとんどない。むしろ、自分を綴ることに対して、過剰なまでに丁寧で控え目な印象を受ける。

時には、加害性への強いおびえさえ感じられる。自分の言葉が誰かを傷つけてしまわないか。上から目線の不快な表現になっていないか。そうしたことをとても気にしている。

でも、それでも自分の気持ちや考えを綴りたいし、どこかで、何かを介して、誰かに対して、自分のことを伝えたいとは思うらしい。そんな葛藤含みの表現をする人に、とても興味がある。以下、この文章で言うところの若い人とは、こうした人のことだと思ってほしい。

＊

若い人たちから時々、どうしたら良い文章を書けるのかと尋ねられることがある。無茶な質問だと思う。でも、私は学校の先生で、学者でもあるから、年少者から尋ねられたら、なるべくなら応じてあげたいという気持ちになる。

論理的な文章構成とか、伝わりやすい表現のポイントとか、適切な語彙の選び方とか、身に付けておいて損のない知識を教えてあげることもある。

でも、話をしているうちに、相手の表情や声音から違和感が伝わってくる。どうやら先方は、必ずしもこうしたことを教えてほしいわけではないらしい。

私に声をかけてくれる若い人たちが教えてほしいのは、どうやら「私のこと」のようだ。執筆をするお気に入りの場所。使い慣れた筆記具。気持ちを切り換えるために淹《い》れるお茶。筆が進みやすい時間帯。楽しいと思えた仕事。不愉快な原稿依頼。こうした話題に目を輝かせてくれる。時には、自分から私に尋ねておきながら、自分のことを止めどなく語る人もいる。きっと自分のことを私に教えたいのだろう。

どうやら、私に話しかけてくれる若い人たちは、上から与えられたり、施されたりする言葉が欲しいわけではないらしい。むしろ、文章を綴ることへの思いを、お互いフラットに、痛くなくて苦しくない言葉で語り合いたいようだ。そこにあるのは、分かち合いたいとか、つながりたいとか、そういった類いの感覚なのだろう。

とはいえ、学校の先生で、学者で、更にはそれなりの年齢の男性である私には、こうした言葉をやりとりするのが想像以上に難しい。どうしても、与えたり、授けたり、施したりするような言葉ばかりが出てきてしまう。

そんな自分にもどかしさを覚える経験が積み重なるにつれて、こんなことを考えるようになった。

若い人たちの口から漏れ出る葛藤含みの言葉こそ、良い文章を織るために必要な糸なのかもしれない。私が書きたいのも、こうした言葉で織られた文章なのかもしれない。

＊

そもそも、良い文章とは何なのか。

ずっと悩み考えてきた問いについて、ここで一度、私なりに言葉にしてみたいのだけれど、それを分かりやすくまとめるのは難しい。論理的に記述もできないし、簡潔に説明もできない。

この本で探したい良い文章とは、「良い文章とは○○なものである」といったかたちで、主語と述語が結びつくような整った文では表せそうにない。でも、述語を重ねていくこと、重ねられた述語をたどっていくことで、その在処を探ることはできるかもしれない。

存在の輪郭線は描けなくても、存在感は感じられる。そうしたものがこの世界にはあると思う。あると信じて、良い文章を探るための熟語を重ねていこう。

この本が探す良い文章は、

授けるのではなく分かち合うもの。

教えるのではなく繋《つな》がるもの。

ひけらかすのではなく手渡すもの。

まき散らすのではなく届けるもの。

焚き付けるのではなく灯すもの。

断ち切るのではなく舫《もや》うもの。

煽《あお》るのではなく寄り添うもの。

こうした述語と結び付いて、溶け合える何かを備えた文章。それが今、私が書きたい良い文章なのだろう。


正直、自分で説明していても、ぜんぜん分かりやすいとは思わない。でも、自分にも言い表せないくらい大事なものが人には一つや二つはあって、そうしたものは簡単に分かられたくない、という気持ちもある。

大切なものを表現したい。でも、必ずしも分かってもらいたいわけではない。こうした感覚は分かってほしいし、分かってくれる人は、きっとそれなりにいると思う。

良い文章を探すことは、喩えるなら、夜空を見上げて星座盤にない星を探すようなものかもしれない。確かに今、視線の先に星は見えない。でも、この視界の先に星があると信じることはできる。信じた方が、夜の暗さが怖くなくなる。そう感じられる人と、この本を分かち合いたい。

*

この本は、良い文章を探すための本。

とはいえ、良い文章について、それが何かを教えてほしいわけでも、書くための技術を授けてほしいわけでもない人たちと、良い文章への思いを分かち合い、つながるためには、どうしたらよいのか。

たぶん、私なりの良い文章で、文章を綴る私のことを、それなりに正直に、自分なりに誠実に、綴ってみるしかないのだろう。

この本は、私が思う良い文章。

こういう言葉を探す時、私はとても苦しくて、こういう言葉を綴る時、私は生きている感じがします。

だから、あなたのことも教えてください。

急須のお茶を飲みきるまでに

二三歳になる年の春、学者になることを志して、大学院に進学した。はじめて本格的に取り組んだ研究らしい研究は、ハンセン病療養所のフィールドワークだった。東京都東村山市にある国立療養所多磨全生園。そこに通って、園内で暮らす人たちに話を聞いたり、古い資料を読ませてもらったりした。

かつてハンセン病は「癩《らい》」と呼ばれ、忌み嫌われ、怖れられてきた。本来は慢性の感染症ではあるけれど、長らく「遺伝」や「血筋」に原因があると誤解されてきたり、感染症であることが判明した後は感染力が過度に誇張されたりして、患者たちは親類縁者も巻き込む凄惨な差別を被ってきた。

日本では明治時代以降、患者を専用の施設へと収容する隔離政策が採られ、多くの人が故郷を追われて療養所へと収容された。その後、医療が進歩してハンセン病が容易に治る「ふつうの病気」になった後も、隔離は続いた。

隔離政策の根拠法が廃止されたのは、実に一九九六年のこと。私が高校生の時だった。とはいっても、当時の私は部活動しか頭にない生徒で、ハンセン病のことなどまったく知らぬまま、平穏な日々を過ごしていた。

私が療養所でお会いした人たちは、皆さん、ずっと昔に病気は治っていた。にもかかわらず、この地で暮らし続けていたのは、後遺症による障害があったり、加齢にともなう余病があったり、あまりにも長く隔離を強いられたせいで生活基盤（財産、仕事、地縁など）を失っていたり、なおも差別や偏見がひどくて故郷に帰ることができなかったりと、様々な事情からだった。

私が全生園に通っていた頃、入所者の平均年齢は七〇歳を超えていたと思う。なかには八〇代、九〇代の方も見かけた。私には祖父母と接した記憶がほとんどないから、祖父母世代（あるいはそれより上かもしれない）の人たちと会うこと自体、とても新鮮な体験だった。

ある日、園内を歩いていたら、高齢の入所者が颯爽と自転車を漕いで私を追い抜いていった。知人らしき人が道の脇から「〇〇さん元気だね」と声をかけると、

「おう、戦後生まれだからな、日露戦争の」と応じていた。

「日露戦争」という単語が、たとえジョークとはいえ日常会話の一コマで使われた事例と出会ったのは、後にも先にもこの時だけだと思う。人生の年輪を重ねに重ねた人だけが放てるジョークに、笑うよりむしろ感動してしまった。

全生園に通いはじめたのは、大学院に進学して少し経った頃のことだった。当時の私は研究テーマをなかなか決めることができず、悶々と悩む日々を過ごしていた。模範的な大学院生なら、進学を決めた時点で課題など決まっているのだろう。実際、優秀な同期の仲間たちは、そんな様子だった。

しかし、お世辞にも優秀とは言えないというか、優秀さという概念の対極にいたような私は、それなりの覚悟で進学してはみたものの、情熱をかけて取り組みたいと思える研究テーマを見つけられずにいた。

悩みに悩み抜いた末、私は「被抑圧者の自己表現」というテーマを研究室に提出した。差別や迫害を経験した人は、それによって受けた心の傷をどのように表現するのか。文献調査とインタビューの両面から考察する、というものだった。

正直に白状すると、私はもともとこうした問題意識を持っていたから療養所に通いだした、というわけではなかった。授業の課題でたまたま全生園を訪れた際、幾人かの入所者と知り合って仲良くなり、せっかくならこの人たちに会うこと自体を研究にしてしまおうと企み、後付けで研究課題をひねり出したのだった。

単純に差別や迫害の実態を調べるのではなく、被害を受けた当人がそれをどのように表現するのかという点に重きを置いたのは、私が所属していたのが文学研究を主とする部局だったからだろう。それに私自身、自分の気持ちを表現するのがものすごく苦手で、自分を表現するという行為自体に関心があったのだ。

結果的に、ハンセン病の研究とは長い付き合いになり、大学院を修了する際に提出した博士論文も、その半分強を、昔の患者が書いた文学作品の調査・研究が占めることになった。

*

全生園の入所者とお会いするのは、それ自体とても楽しい体験だった。でも、差別された経験を聞かせてもらうのは、決して楽しいことでも、容易なことでもなかった。

ハンセン病の差別には、身内に関するエピソードがたくさん出てくる。発病をきっかけにして親子の縁を切られた。自分の病気が原因できょうだいが破婚となり自ら命を絶ってしまった。恥ずかしい病気になったことを親族から責められ暗に自死を求められた。自分の発病に絶望した親から一家心中を切り出された。

目の前にいる人の、なおも癒えぬ心の傷に触れることは、魂を磨り減らすような感覚が伴う。興味があるといった単純な動機では耐えられない重みがある。あの頃の私は、学術にたずさわる者としての使命感といった鎧を着込むことで、なんとかその場に居座り続けていたのが実情で、そうでなければ、あまりの居たたまれなさに、きっと逃げ出していただろう。

とはいえ、全生園でお会いする人たちとは、いつもこうした重たい話ばかりしていたわけでもなかった。むしろ、大した意味もない世間話をしていることの方が圧倒的に多かった。

ある日の雑談が強く印象に残っている。お世話になったおじいさんの部屋を訪ね、卓袱台《ちゃぶだい》をはさんで話をしていた時のこと。どういった経緯でそうなったかは覚えていないけれど、話題が野球のナイター中継へと流れていった。


「夜はだいたい野球観てるね」

「どこかお好きなチームはあるんですか？」

「ずっと巨人だな」


おじいさんの言葉には、東京下町の響きがあった。


「俺はゴリラが好きだったんだけどなぁ」

「……そうですか……」

「アメリカ行っちまったからなぁ」

「……それ、ゴリラじゃなくて、ゴジラ（松井秀喜）じゃないですか？」

「なんだ、ありゃゴジラって言うのか？」

ゴジラをゴリラとたまたま言い間違えたわけではなく、ひいきの選手の国民的愛称をそもそも間違って覚えていたところが信じられないくらいおかしくて、でも、本人を前にして大笑いするのも失礼で申し訳ない気がして、痙攣する横隔膜を必死に抑え込んだのだった。

＊

とはいえ——また、とはいえなのだけれど——差別というものの怖いところは、この種の何気ない雑談にもそっと忍び込んでくるところにある。

このおじいさんは、幼少の頃、生木を引き裂くような思いで家族と別れ、療養所へとやってきた。そして、七〇年以上の歳月をこの地で過ごし、最期もそこで息を引き取った。

どうやら親類の中には、ハンセン病療養所で暮らしているご本人のことを知らない人もいたようだった。ご本人の存在が、親類縁者の中では「ない」ことにされていたのだ。療養所に来る前、同じ家で暮らしていたきょうだいからも、連絡をとること自体、疎んじられていたようだった。

こうした深刻な事情を、私は本人から順序立てて説明されたわけではなかった。卓袱台をはさんで雑談するという経験を積み重ねていく中で、一粒一粒がずしんと重いエピソードがぽろりぽろりとこぼれてきて、それを拾い集めているうちに事情を理解した、といった感じだった。

あの頃の私たちが交わしていたのは、単なる言葉のやりとりではなかったと記憶している。客観的には雑談と呼ぶよりほかない種類の会話ではあったけれど、目の前の人と親しくなりたいという思いをそれなりに含んだ対話だったと思っている。

もう少し、この人と仲良くなりたい。

もう少し、この人のことを知りたい。

こうした思いのこもった雑談には、自然なかたちで「私」がまじる。生まれ育った町、家族との関係、通った学校、打ち込んだ仕事など、自身の来し方に関わる話題が入り込んでくる。

ただ、差別や迫害を受けてきた人にとって、こうした話題に応じようとすると、どうしても自身が負った心の傷や、心に傷を負わせた出来事に触れざるを得なかったり、いちいち煩わしい説明をはさまなければ話自体が通じにくくなってしまったりする。

差別とは、被害者を何気ない語らいの場からも遠ざけてしまう。そんな厄介な性質をもっていることに気づかされたのだった。

*

差別による心の傷は、学術的な聞き取り調査の場だけに現れる、というわけでもない。大きめの急須で淹《い》れたお茶を二人で飲みきるまでの語らいの間に、不意に現れては空気を凍らせて、すっと立ち去り、消えていくことがある。

こうした陰りの冷たさを、その場の重苦しさや居たたまれなさを、なんとか学術論文の中で再現してみたい。そうした感覚を言葉で再現できる学者になりたい。療養所で卓袱台越しの会話を重ねるうちに、自分が書くべき文章の輪郭が、うっすらと、ぼんやりと、見えてきたように思う。

何者かでありすぎて、自分以外ではない

大学院でハンセン病の研究に取り組んでいた私は、とある縁から、同時平行で『しののめ』という雑誌の研究に熱中した。

この雑誌のことを知る人は、ほとんどいない。身体障害者たちの手で運営された文芸同人誌で、一九四七年五月に創刊され、二〇一二年三月に終刊を迎えた（計一一二号発行）。現在、私が確認している限りでは、障害者たちが主体的に営んだ文芸同人誌としては、戦後はじめてのものだ。

文芸誌なので、掲載された文章も、小説、詩、短歌、俳句、随筆、手記などが多い。福祉関係者や障害者の家族による文章も掲載されているけれど、基本的には障害者本人によって書かれた作品が中心になっている。

障害者による文芸活動というと、時の社会情勢とは一線を画した趣味やレクリエーションのように受け取られることがある。でも、『しののめ』の場合はむしろ

逆で、その時々の世相と書き手の心情が密接に結びついた作品が多い。特に高度経済成長期に書かれた作品には貴重なものが少なくない。戦後の日本社会が経済的な豊かさを追い求める一方、そうした恩恵から置き去りにされた障害者たちの、日々の苦しい暮らしや鬱屈した心情が生々しい肉声で記録されている。

この時期の作品以外にも、『しののめ』という雑誌には、戦後日本の障害者たちの生活実態を知ることができる記事が多数掲載されている。学術的に見て、間違いなく第一級の資料だろう。

*

文芸誌『しののめ』の研究は、なんというか、スリリングだった。私は同誌の名物編集長である花田春兆さん(一九二五〜二〇一七年)と知り合って、深くお付き合いするようになったのだけれど、この人がとにかく刺激的だったのだ。

春兆さん(と呼ばせてもらっていた)にはじめて会った時、思わず面食らってしまった。というのも、私はそれまで春兆さんくらい障害が重い人と出会ったことがなかったのだ。

春兆さんには脳性マヒ一種一級という障害があって、強いアテトーゼ（身体の不随意運動）と言語障害もあった。電動車椅子の上にちょこんと座った小柄なお爺さんが何をしゃべっているのかまったく聞き取れなかったし、ブルブル震えながら動く手や指が示すジェスチャーもぜんぜん分からなかった。

当時、春兆さんはすでに八〇歳を目前にしていて、特別養護老人ホーム（特養）で生活していた。要介護度も一番重い五だった。本人はたびたび「妖怪度五」なんて笑いながら自嘲していたけれど、こうした冗談が大好きで、とにかく、好奇心とバイタリティーと悪戯心がまったく枯れない人だった。

春兆さんは一九二五（大正一四）年生まれ。大正デモクラシーの影響を受けた学校（日本初の公立肢体不自由児学校、東京市立光明学校）で教育を受けた。通学時に二・二六事件（一九三六年）を目撃したとか、戦時中に受けた徴兵検査で人間扱いされなかったとか、そうした体験談が普通に飛び出す人だった。

敗戦後の混乱の中、社会から隔絶された障害者たちが孤立しないようにと、仲間たちと雑誌『しののめ』を創刊した。ただ、創刊とはいっても、最初期のものは手書きの原稿を簡単に綴じただけのものだった。春兆さんは、そこからコツコツと活動を積み上げて、私が知り合った最晩年には、障害者運動界の最長老として多くの人から慕われていた。

いつも忙しくしている人で、お役所の委員から小さな障害者グループの代表まで、いくつも役職を兼ねていた。施設の自室を秘密基地のようにしては毎日原稿に追われていた。不随意運動が強いから、震える手で目的外の文字をタイプしないように改造したキーボードで、コチッ……コチッ……と一文字ずつ打ち込んでいた。そうした執筆の合間に、いろんな人を部屋に呼び出しては打ち合わせを重ねて、毎週のように会議やミーティングに飛び回っていた。

私は二〇〇四年に春兆さんと出会って以来、二〇〇九年に博士課程を修了する頃まで、弟子や付き人のようなかたちでお付き合いしたのだけれど、今から振り返ってみても、それはそれはスリリングな日々だった。

とにかく、呼び出しが多い人だった。

春兆さんに外出の予定が入ると、「面白いことあるから来なよ」というメールが届く。基本的に、どんな用事かの説明はない。「明日どう？」「明後日は？」くらいの呼び出しであれば良い方で、時には「今日の午後どう？」といったメールが当日の朝に届いたりする。私はあわてて電車に飛び乗って、何が待っているのかドキドキしながら、片道一時間半をかけて馳せ参じたものだった。

行く先は、会議や集会や講演が多かった。目的地に着くと、いろいろな病気や障害と共に生きる人たちがたくさんいた。自分仕様に整備した車椅子に乗る人、電子機器を装着したストレッチャーで寝たまま移動する人、人工呼吸器をつけた人、時々大きな声を出すと安心するらしい人……私が出会ったことのない人たちが多かった。

そして、みなさん、ご自身の身体に合わせたコミュニケーション方法をもっていた。手話の人、透明文字パネルを眼球で指示する人、音声読み上げソフトを使う人、介助者との間で独自の意思表示方法を確立している人……いろいろな言葉が、いろいろなかたちでやりとりされる世界があった。

弟子入り当初は、春兆さんの外出にお伴するだけで頭がショートした。初体験が多すぎて、情報処理が追いつかなかったのだ。

春兆さんは、無茶ぶりも多い人だった。

「来週、お昼ご飯食べに行こう」と言うので、当日指定の時間に伺うと、いつもよく使う福祉タクシー（電動車椅子ごと乗車できるタクシー）に乗せられた。着いた先で待っていると、すらりと背の高い英国紳士がやってきて、笑顔で春兆さんに挨拶しだした。ちなみにその方、一言も日本語をしゃべれない。

「この人とご飯食べるから。荒井くん、通訳してくれ」

なんか嫌な予感がしていたけれど、これはさすがに予想を超えた。

「春兆さん、ぼく、英語が苦手だから日本文学科に進んだんですけど……」

「でも、俺よりしゃべれるだろ（笑）」

「そりゃそうですけど……」

「だいじょうぶ、なんとかなるって」

当時はスマートフォンの翻訳アプリなんてものもない。しどろもどろになりながら、それでも二人の会話を必死につなごうとしたけれど、厄介なことに、春兆さんの話は引き合いが多い。「○○じゃないけれど～」とか、「△△みたいな話があってさ～」といったかたちで、記紀神話の神様、民俗学的な伝承や信仰、古典落語の演目、江戸時代の川柳、自作の俳句なんかがポンポン出てくる。そんなの日本語だって説明が難しい。「蝉時雨」の英訳なんて学校で習ったこともない。そもそもイギリスに蝉がいるのかも知らないし、いたところで「蝉時雨」の情緒が私の英語力で伝わるわけがない。

途中からは話をつなぐのも諦めて、当の紳士がおごってくれた高級カレーライスを味わうことにした。言葉なんか通じなくても、同じものを食べて「おいしいですね!」と微笑み合えれば、人間はもうそれで十分だし、実際そのカレーはとっても美味しかったのだ。

ちなみに、これに類するエピソードだけで私はたぶん本が一冊書ける。書いていて思い出したけれど、春兆さんがどうにも書けなくなって急遽バトンタッチした原稿もあった。〆切りまで二〇時間を切っていた。

春兆さんといると、出会いに事欠かなかった。

弟子としての修業時代、春兆さんの伝手や紹介で、あちこちの医療施設や福祉施設を訪ね、いろいろな人にお会いした。

『しののめ』の古い同人、春兆さんの俳句仲間、往年の伝説的な障害者運動家から現役の若手運動家、福祉学の研究者、障害児教育の専門家、テレビによく出てくる文化人、霞が関の官僚、政治家、ご近所のお友達……大学の研究室にいるだけでは見られないものをたくさん見て、聞けない話をたくさん聞いた。

そういえば、春兆さんのお伴で、ＧＨＱで働いていたという人に会ったこともあった。当人は当時九〇歳を超えていて、最後の来日になるだろうとのことだった。「私がマッカーサーのオフィスを訪ねた時に……」なんて話をじかに聞いた時は、歴史の証言に触れた気がして感動した。

関係者も交えたミーティングが終わった後、ちょっとした懇談の時間に、先方がきらきらした目で春兆さんのことを見ていた。たぶん八〇歳を超えて現役で活動する重度脳性マヒ者が珍しかったのだろう。

「春兆さん、じっと見られてますよ」と小声で言うと、「お互い長生きしましょうって伝えといて」と言うので、先方にそう伝えたら、ゲラゲラ笑って春兆さんの手を握っていた。なんだか美しい光景だった。

春兆さんは天邪鬼《あまのじゃく》な人だった。正確に言うと、邪鬼の立場から見えるものを大事にする人だった。仁王像や四天王像を見ると、小さな鬼（邪鬼）が踏みしだかれていることがある。春兆さんは、その踏まれた邪鬼の立場からものを考える人だった。

春兆さんが暮らした港区は大使館や領事館が多い。ある時、某国の大統領が来日した影響で、周辺では厳戒態勢が敷かれた。道路を通る車は警官にいちいち止められて、車両の裏側やトランクまで入念に調べられたらしい。そんな日に、春兆さんは所用で当の大使館前を通ったとのこと。

後日、この件に話が及んだ時、春兆さんが思い出したようにプンプン怒りだした。警備に止められて嫌な思いでもしたのかなと思ったら、逆だった。自分の電動車椅子がノーチェックで大使館前を通れたことに怒っていた。

「電動車椅子なんて、バッテリー一個外せば爆発物くらい積めるだろ」

「そうですね、積めますね……」

「なんで障害者ってだけで相手にしないんだ」

その時は苦笑いで応じたけれど、今から振り返れば、私の考えが足りなかったと反省している。最高レベルの警備体制下でも障害者は蚊帳の外になるということは、非日常の中では障害者が見えない存在になるということでもあって、それはいつか、世の中がごたついている時は障害者なんて「見なくてもよい存在」になるということになりかねない。今なら、その怖さが分かる気がする。

あの頃の私は、春兆さんの電動車椅子を追いかけるだけで、決して大げさでなく、もう一つ～二つ大学を卒業できそうなくらい勉強したと思う。そもそも、車椅子は必ずしも押すものではなく、時には追いかけるものでもあることを知っただけで、人生をかけて知るべきものを知った気がした。

＊

ところで、あの頃の私は結局、何を研究していたのだろう。ここでいう何とは、学問の領域という意味だ。

最初に書いた通り、『しののめ』という雑誌は文芸誌だ。春兆さんご自身も、俳句界の巨星・中村草田男（一九〇一〜一九八三年）の愛弟子で、いくつか大きな俳句賞も受賞していて、業界に名の通った人だった。だから、『しののめ』と花田春兆の研究は文学研究に該当するのだろうか。でも、こんなことを言ったら、多くの文学研究者はNOと応えるだろう。なぜなら文学研究は、名もなき障害者が書いた誰も読んでないような文作作品など相手にしていないからだ。事実、私は「君がやっているのは文学研究じゃない」と言われ続けてきた。

では、『しののめ』と花田春兆の研究は福祉学に該当するのだろうか。さっきも書いた通り、この雑誌は戦後の障害者たちの生活実態を知る第一級の資料だし、春兆さんは障害者施策についいてたくさんの仕事をしてきたキーパーソンだ。だから、これは福祉学の問題だと言えそうな気もする。でも、福祉学者は難色を示すだろう。そもそも文学活動や文学作品は福祉学の対象ではないからだ。

研究すべきものが目の前にあるのに、どの学問にも当てはまらないという現象が、なんだか悩ましくて悔しかった。ある時、そんな悩みを春兆さんにこぼしたら、ひゃっひゃと笑って面白がっていた（春兆さんは笑う時、息を吸い込むタイプだった）。

考えてみれば、この人自身、誰かが作った尺度や枠組みに収まる人ではなかったし、本人も意識的にそう振る舞っていた。なぜなら、春兆さんは生まれた時から「障害者だから……」とか「障害者にしては……」とか言われ続けてきたからだ。そうした狭苦しい枷を一つ一つぶっ壊すのを生き甲斐にしているような人だった。

実際、春兆さんは簡単に紹介しにくい。もともと花田家は、明治維新の英傑を輩出した薩摩藩の加治屋町の出で、お父上は大蔵省の高級官僚という一族だった。ちなみに春兆は俳号で、本名は政國。この家に、この名前で生を受けたことの重みは、きっと半端ないものがあっただろう。

春兆さんは、障害者運動家で、編集者で、俳人で、作家で、一時期は大学教師もしていて、愛妻家で、二人の子を持つ父で、三人の孫を持つ祖父だった。内閣府の参与も務めていて、日本障害者協議会の副代表で、その他ＮＰＯの理事長もしていて、それでも半世紀以上歳の離れた私が「春兆さん」と気安く呼ぶのを大らかに受け容れてくれる気の良いお爺さんだった。

学者や物書きとしての私の三分の一くらいは、間違いなく、この人が育ててくれた。そんな私でも、花田春兆をうまく説明できない。春兆さんは何者かでありすぎて、春兆さん以外の何者でもなかった。

＊

最近、春兆さんのことをよく思い出す。というのも、私も「よく分からない人扱い」をされることが増えてきたのだ。

先日、とある同業者（研究者）から、面と向かって、あなたは何をしている人か分からないと言われた。確かに、私は文学研究者なのに障害者運動や女性運動のかなりマニアックな歴史について調べているし、それを研究書ではなく、評伝やドキュメンタリーノベルのようなかたちにまとめていたりする。そうした活動について言及された時の発言だった。表情や声音からすると、怒ってもいい場面だったのかもしれない。でも、不思議とそんなに悪い気はしなかった。お前が分かるレベルのことなんかやっちゃいないんだよ、と心で思いつつ、「そうですね」と笑顔で返した。

某出版社から出ている、その年の注目エッセイのアンソロジーに選んでもらった時は、肩書きが弁護士になっていた。どうやら同姓同名の弁護士がいるらしい。選んでもらったエッセイも差別や人権について扱ったものだったから、社会問題＝弁護士と安易に判断されたのかもしれない（あるいは、単に作り手側の手抜きだったのかもしれない）。

時々仕事をする編集者は、割と最近まで私のことを福祉史の研究者だと思っていたらしい。某全国紙の論壇時評では、有名なジャーナリストが「社会学者の荒井裕樹」と紹介してくれていた。長らくお付き合いのある施設の職員から真顔で「荒井さんって研究者だったんだね。どこの風来坊かと思ってた」と言われた時は、日常会話で「風来坊」という単語が使われた事例とはじめて出会って驚いたけれど、それが自分に向けられていることに気づいて更に驚いた。渥美清が演じた国民的キャラに近づけた気がして、「そうですかぁ」なんてニヤニヤしてしまった。

何者かよく分からないと言われる度に、少しは春兆さんに近づけているのかなとも思う。ここまでくると、誰かから評価されることよりも、自分のことを評価する基準や尺度がこの社会に存在しないことの方が嬉しくなって、むしろそちらを目指したくなる。私が何者かでないと気が済まない人たちに、あんたが期待する何者かになんて収まってやるわけないだろと、いつも心で毒づいている。きっと春兆さんも、こんな感じで毒づいてきたのだろうから。

押し込められた声を聞くことができるか

花田春兆さんの影響もあって、戦後日本の障害者運動についても勉強してきた。というより、あの人といるだけで、自然と勉強になっていた。日本の障害者運動は一九七〇年代に一つの山場を迎えた。詳細は書かないけれど、この時期、障害者差別からの解放を求める声が全国各地の当事者から上がった。障害者運動の熱い時代だった。

幸いにも春兆さんの伝手で、貴重な資料を読んだり手に入れたりもできた。当時の運動家とも幾人かお会いすることができた。

とはいえ、私が勉強したのは障害者運動という大きな山の一部だろうから、限られた知見しかない。でも、それなりに勉強を積み重ねるうちに、その山の特徴がなんとなく見えるようになった。

そうこうするうちに、自分の中で、とある研究課題への興味関心がふくらんできた。「運動家の妻」だ。障害者運動に限らず、広く社会運動に関わった人物の「妻」に、いつか、その立場にいるがゆえのご苦労を伺ってみたいと思うようになった。

ただ、私がこのテーマを掲げるのは、少なからぬ慚愧《ざんき》の念が伴う。

*

大学院生時代、とある大きな訴訟を闘ったRさんと知り合った。Rさんは重い病気を抱えながらも、毅然として巨大権力に立ち向かった。その崇高な姿と、分け隔てなく誰とでも付き合う気さくな人柄に、当時の私は心惹かれた。

常識も礼儀もわきまえない二〇代前半だった私は、時にはアポなしで自宅にお邪魔して、お菓子やお茶をご馳走になったりもした。いつお会いしてもRさんは親切で、奥さま（当時はそうお呼びすることが多かったので、ここでもそう表記する）は物腰が柔らかくて、お二人が寄り添う姿を見ては、理想の夫婦というのはこういうものか、なんてことを考えたりもした。

Rさんが急逝されてしばらくした後、お住まいのある地区で開かれたイベント（多文化共生がテーマだった）に足を運んだ。色とりどりの民族衣装を着た人波の向こうに奥さまが見えた。最後にお会いしたのは通夜の時だったたか。一言ご挨拶したいと近づいた私に、先方も気がつかれた様子だった。

が、次の瞬間、奥さまはすっと踵《きびす》を返して反対方向へと消えていった。一瞬見えたお顔からは、そっとしておいて欲しいといったご様子がうかがえた。

きっと、奥さまは「運動家の妻」として、並々ならぬご苦労を経験されたのだろう。そのご苦労には、私のような興味本位で近づいてくる者たちへの応対も含まれていたはずだ。奥さまはご高齢のRさんの身体をいつも心配しておられたから、もしかしたら私は、夫を焚き付けて無理を強いた一人のように見られていたかもしれない。

ご迷惑をおかけした立場で、わがまま極まりないことは分かっているけれど、それでも許されるなら、「運動家の妻」に特有のご苦労を知りたいとも思う。戦後の社会運動は、女性の我慢と沈黙の上に成り立ってきた側面があるからだ。

とはいえ、私のような学者の、こうした興味関心は、「運動家の妻」たちに更なる痛みを押しつけることになるだろう。なにせ、私自身がご苦労をおかけした一人なのだから。そう考えると、軽々しく研究テーマにしたいとは、やはり言いにくい。

＊

社会運動には、様々な事情を抱えた人たちが集まる。ともすればバラバラになりかねない個々人をまとめ上げ、世間の関心や世論の支持を得るためには、尊敬に値する運動家の存在が必要になる。

しかし、運動家も人間である以上、表もあれば裏もある。公的な顔もあれば私的な顔もある。そうした二面性が、時には風の噂で耳に入ることもある（Rさんがそうだった、という話ではない）。

「運動家の妻」は、そのどちらも知りつつ、どちらも守らなければならない。笑顔で沈黙を貫くことが運動の明日に関わることもある。そのご苦労が尋常でないことくらい、私にも想像はつく。

どんなに崇高な理念を掲げた社会運動も、問題と無縁ではない。私が勉強してきた一九六〇~七〇年代の障害者運動でも、女性の運動家や支援者に対する男性運動家のハラスメントは起きていた。

その背景には、障害者運動に特有の複雑な事情もあったのだろう。障害者に

長らく障害者たちは「性」という価値観から排除されてきた。「障害者に性欲な性欲なんてない(もつべきでない)」とか、「恋愛や結婚もしない(すべきでない)」といった偏見にさらされてきた。だからこそ、反動で「女を手に入れることで男であることを証明する」といった発想へと過剰に傾いてしまうことがある。障害者へのステレオタイプに抗って生きようとする意志が、皮肉にも、「障害者でない人」にとっては陳腐な「男らしさ」に帰着してしまうことがある。同じ事情で、「女らしさ」が過剰に求められてしまうこともある。

当時の障害者運動は、人間を生産性で値踏みする価値観に対して反旗を翻した点ではとてもラディカルだったけれど、男女の性役割に関しては旧弊な面があった。当時の運動家たちの意識にも、「男は外で闘い、女は家を守る」「女は一歩下がって」といった感覚が潜在していた。

川崎バス闘争（一九七七年）などで有名になった障害者団体、日本脳性マヒ者協会青い芝の会の神奈川県連合会には婦人部があった。ただし、これは女性たちが強かったというわけではない。むしろ弱い立場にいたからこそ、互いに寄り添わねばならなかったのだ。「運動家の妻」たちは、どれほどの苦労に耐えてきたのだろう。

＊

もちろん、社会運動で苦労を強いられるのは「妻」という立場の女性に限らない。様々な立場の女性が我慢と沈黙を強いられた。こうした問題も検証されなければならないのだけれど、私的な領域で起きた問題は、問うこと自体が容易でない。

私的な不祥事をわざわざ取り上げることは、運動内部にいる人物が行えば、調和と結束を乱す利敵行為と見做《みな》される。運動を取材する学者が行えば、協力者への背信行為と受け取られる。私的な弱さや愚かさを密かに開陳し合うことは、往々にして最上級の信頼行為と思われているからだ。

このように書いてきて、ふと思う。こうした公私の二項対立的な図式自体、男性による身勝手な使い分けだったのかもしれない、と。

人間には公的な側面（崇高・尊さ）と私的な側面（卑俗・愚かさ）が否応なく存在するのだから、社会を変えるための厳しい運動の過程で、多少、卑俗で愚かな一面が見えてしまっても、それをあげつらうのは野暮なこと——。かつて運動の内部で起きた女性へのハラスメントが、こうした感覚によって軽んじられてきたのではないか。

思えば私自身、運動家も人間なのだから表と裏くらい抱えているものだと考えてきた。無前提にそう考え、その歴史を綴ってきた。

かつての障害者運動の記録も、書き手の多くは男性だった。中には武勇伝めいた自分語りも少なくない（そのような語りが無条件に資料的価値に欠けるというわけでもないのだけれど）。こうした表の言葉は真剣に読み込み、自身の著作で紹介してきた私も、酒席などで耳にしたかつての醜聞（裏の言葉）については、苦笑いしてスルーしてきたように思う。

だからこそ、自戒を込めて我が身に問う。こうした学者が綴った障害者運動史は、後世の検証に耐え得るだろうか。

*

差別と闘うという意志を掲げた社会運動において、公私や表裏を使い分けるのは危険なことだ。差別と闘うという運動が崇高で尊い意志によって担われるのだとしたら、反差別運動を担う運動家は崇高で尊い人物でなければならなくなってしまう。

差別と闘う人物は崇高で尊い、あるいは、崇高で尊い人物こそが差別と闘えるという価値観は、差別と闘うには崇高で尊くあらねばならない、といった考え方と隣り合わせだ。

こうした思考の一歩先には、差別されたくないのであれば差別されないにふさわしい価値ある人間であらねばならないという、それ自体どうしようもなく差別的な価値観が待ち構えている。

男性主体で進められてきた障害者運動の歴史を一度脇に置き、それ以外の運動の歴史を調べてみると、こうした危うさを察知していた人たちがいたことに気づく。例えば、一九七〇年代にウーマン・リブと呼ばれた女性解放運動に参加した人たちがそうだ。

彼女たちは、運動の現場に「私」を持ち込んだ。「私」そのものを運動の中心に据えようとした。平凡な暮らしを営む等身大の自分をさらけ出し、公私の区別を必死に取り払おうとした。

リブの運動家たちは、時には意図的に粗野な言葉遣いや振る舞いをした。無論、それは既存の「女らしさ」を壊そうという試みだったのだけれど、そうした卑俗さが、年配の「婦人運動家」たちから眉をひそめられたり、世間の男性たちから露骨に茶化されたりもした。

しかし、それでも彼女たちは運動の中で公私の区別を乗り越えようとした。必死に等身大の「私」をさらけ出した。リブという運動が求めたのは「立派な私になること」ではなく、「立派でない私」が「この私」のまま生きていける世の中だったからだ。

リブの歴史を調べてみると、昨今よく耳にするエンパワーメントという言葉のイメージが変わる。エンパワーメントは「より良い自分になること」ではない。「自分という存在は、すでに、このままで良いのだと気づくこと」だと思い知らされる。

二〇一七年頃から世界的に話題になった #Me Too には、リブの運動家たちの声と響き合うところがある。以前、リブの運動を担った人物から「(リブは) 自分を松明にして火を点けるような運動だった」といった言葉を聞いたことがある。孤独という闇を彷徨《さまよ》う女性たちに、「ここに、あなたと同じ私がいる」と知らせるための松明だ。#Me Too とは、こうした火を担い合うための運動なのかもしれない。

＊

「運動家の妻」に話を戻そう。

実は、障害者運動の内部でも、「妻」たちは声を上げていた。先述した青い芝の会の婦人部に所属した内田みどりは、次のように記している。

男たちは、障害者運動に夢とロマンをかけ、女たちは、日々の生活をかけた。（CP女の会編『おんなとして、CPとして』一九九四年、一〇頁）

運動とは、決して特別な人々が行うものではない。しいて言うなら、最も平凡な人間が、平凡に生きていきたいと願った時の願いの姿なのだ。（同前、一六頁）

男性運動家たちが街に出てメガホン越しに叫んでいた時、彼らの「妻」たちは家で子どもの世話に忙殺されていた。もちろん、彼女たちも日々の暮らしで障害者差別に遭遇する生活者の一人。その理不尽さに怒り、自分たちも闘いたいと願いつつ、しかし目の前の生活を守らねばならなかった。右に引いた内田の言葉は、運動家の「妻」たちが経験した引き裂かれ感から染み出た叫びなのだろう。

正直に白状すると、障害者運動家たちへの取材活動中、私は生前の内田みどりに何度も対面していた。にもかかわらず、内田本人から話を聞こうという発想を持つことはなかった。

私も、結局は「ロマン」に満ちた男目線の運動史を綴ってきたのだろう。「平凡」な「日々の生活」をかけた運動家の言葉の重みに、打ちひしがれるような思いがする。

＊

今から思えば、Rさんの奥さまに踵を返されたのは、こうした私の一面を見透かされていたからかもしれない。そもそも、私は聞く耳を持っていなかったのだから、何かを話す相手として認識すらされていなかったのだと思う。

先に私は「(運動の中で)女性たちが我慢と沈黙を強いられた」と書いた。聞く耳を持っていなかった私がこのように書くことの滑稽さと傲慢さを、私は噛み締めなければならない。我慢と沈黙を破って上げられた声を聞くとはどういうことなのか。まずは、それを考えることからはじめなければならない。

やさしい言葉

どこの書店でも見かけるおしゃれなポップカルチャー誌から、対談の企画に呼んでもらったことがある。

案内されたのはファッション誌の撮影をしているようなスタジオで、学者の私にはなかなか落ち着かない現場ではあったけれど、対談のお相手が以前にも仕事をしたことがある著名なライターさんで、気さくなお人柄に助けられて、なんとか浮つかずに収録を終えることができた。

それにしても、なぜこの雑誌から声をかけていただけたのか。どうやら、現代における「やさしさ」について考える特集で荒井の見解を一言、ということになったらしい。企画の趣旨説明で、編集部の方から「荒井さんのエッセイにはやさしさが感じられますね」と言葉をかけてもらい、とてもありがたくはあったのだけれど、なんだか複雑な気持ちになってしまった。

私が文章を書く時、やさしいものを書こうという意識はない。ただ、とある感覚から距離を取りたいとは思っている。それは自分にべったりと貼り付いてきたものので、それなりに強く意識していないと引き剝がせない、ひどく厄介なものだ。

*

振り返るに、物心がついた頃から大人の入口にさしかかる頃まで、私が生きてきた世界にはある感覚が満ちていたように思う。ぞんざいな言動を許し合うことで互いの信頼感を確かめ合うような雰囲気というか、相手を下げたり馬鹿にしたりする言葉の毒気で場を盛り上げていくようなコミュニケーションというか、そういった類いのものだ。

通っていた小学校や中学校では、どれだけノリよく目立てるかが男子のランキングを決める重要な要素で、誰かを茶化したりけなしたりして教室内に笑いを生み出すことが、世界をより良くすることへの尊い貢献だと信じられていた。もちろん、こうしたノリが無理やり盛り上げられたものであることとくらい分かっていたけれど、それでも、そのノリに乗ることや、求められれば自分をネタとして提供することが、仲間でいるための義務だとも考えられていた。

同じ頃に所属していたスポーツクラブは、競技経験もない近所の大人が子どもを支配するために作ったようなところで、ひどい虐待や暴力が横行していた。チームメイトたちも、共に競技を楽しむ友達というより、苛酷な境遇を耐える戦友か、場合によっては奴隷仲間のような感じだった。

こうした結束は必ずしも美しいものではなく、紙一枚分も気持ちの乖離を許さない雰囲気が漂っていて、当たりの強い「いじり」を許容し合うことで絆の深さを確かめるような言動が日常茶飯事になっていた。彼等と一緒だったから暴力に耐えられた一面も確かにあったけれど、それは裏返せば、裏切り者認定されることが大人からの暴力と同じくらい怖かった、ということでもあった。

文章がテーマであるこの本を書いていて、ふと、こんなやりとりがあったのを思い出した。

確か中学二年生の時のこと。将来やりたい仕事を書くという学校にありがちなプリントが配られたことがあって、私はそれがどんな仕事なのかもよく分からないまま「作家」と書き込んだ。当時の私はなんとなく文章を書いたり読んだりすることに興味を持ちはじめていて、マンガ以外の文庫本などを自分のお金で買うようになっていた。そうした自分の変化を、自分でも意外に思っていた。

するとすかさず横から「どうせエロい小説でしょ」という野次が飛んできた。もちろん、こうした茶化しは日々の暮らしの至るところに転がっていて、それを受け流すことは夏のヤブ蚊を払うくらいに慣れていたはずだった。でも、何故かこの時だけは悔しさと悲しさで頭が真っ白になった。だまってやり過ごすこともできず、かといって毅然と反論することもできず、不満めいた小声を一つ二つつぶやいて、線香花火くらいの笑いが起きては消えていく冷めた時間をやり過ごした。

考えてみれば、あの頃の私が生きていた圏内では、本を読むという行為自体が珍しく、自分の意志で読書をすることなど、優等生っぽさをアピールする好ましからざる振る舞いと見做《みな》されていたように思う。だから、あれは私に対する牽制であり、小さな制裁だったのだろう。まさか心が離れていないよな？　というような。

＊

こうした刺々しいコミュニケーションは、私が生きる圏内のあらゆるところに溢れていて、それを自然なものとして呼吸してきた私は、もちろん一方的な被害者というわけでは決してなく、十分立派な加害者でもあったはずで、自分も日々、誰かに冷たい線香花火を見せていたのだろう。

「した」と「された」の比率は分からないけれど、たとえ「された」方が多かったとしても、それをもって被害者ぶるつもりもない。ただ、「する」のも「される」のも、実は相応に自尊心が削られていくのだと気付くのにずいぶん時間がかかってしまったことが悔やまれる。できることなら、もっと早くに気付きたかったし、誰かに教えて欲しかったとは思うけれど、ただ、あの渦中で気付いてしまったら、それはそれでしんどかったかもしれない。

二〇歳をいくつか過ぎた頃から、実家や地元といったそれまでの暮らしの圏内から多少なりとも物理的な距離ができ、異なる環境で生きてきた人たちとの関係ができはじめた。そうした人たちに対して、これまでの感覚で対応して相手を困らせたり、相手が困ってしまったことにこちらが戸惑ったり、そもそも、もっと自然な言葉と仕草で信頼を確認し合っている人たちを見て驚いたり、といった経験が積み重なるにつれて、ああ、自分はしんどい言葉を呼吸してきたし、しんどい言葉を呼吸させてきたのだな、ということに気付いていった。

とても粗っぽい整理だとは思うけれど、人間関係における安心感には二系統あるらしい。相手をぞんざいに扱っても許されるという安心感と、相手からぞんざいに扱われないという安心感と。

人と人が共に生きていくためには、いつもいつも礼儀正しくなんていられないから、特に近しい間柄の人とは、ある程度のぞんざいさを許容し合える気安さや遊び心が必要だとは思う。とはいえ、親密な人だからこそ、ぞんざいに扱われるとダメージが大きい、ということもある。

家族や友人やパートナーに対して、どちらの系統の安心感を、どれくらい求めるのか。その割合や配合をどう調整するのか。こうした問題に悩んだ経験を持つ人も少なくないのではないか。

私の場合、物心ついた頃から、かなり前者に偏った世界で生きてきたように思う。それはそれで楽しかった点もあり、すべてが黒く塗り潰されているわけでもないので、自分の生きてきた環境を無下に否定したくはない。ただ、こうしたぞんざいさを許し合う雰囲気が、容易に程度や限度を踏み越えてくることの怖さは実感したつもりだ。人と人とが何か特別な親愛の情で結び付くということは、傷つけることを許されたり、傷つけられることを許したりするものなのだ――という具合に。

こうした感覚とは距離を取りたいし、自分の中から引き剝がしたい、というのが二〇代以降の私の人生の課題だったように思う。とはいえ、そうしたことを自覚できたのは、もう二〇代の後半から、あるいは三〇代にさしかかっていた頃だった気がする。

＊

私が文章を書く時は、どんなジャンルのものを書くにしても、あの頃はしんどかったなという思いが、どこか筆に影響している。だから、冒頭に紹介した「荒井さんのエッセイにはやさしさが感じられますね」という言葉は、正直、どのように受け取って良いのか分からなかった。

もちろん、そう言ってくださる気持ちはとても嬉しかった。でも、自分の手柄でもないものを褒められたような感じで戸惑ってしまった。ばつが悪い、では軽すぎる。罪悪感を覚える、では少し重い。なんというか、ずるいことをした後の申し訳なさに近い感覚かもしれない。

そんな居心地の悪さを覚えながら、やはり学者には落ち着かないおしゃれなスタジオで、やさしさとは何かを語り合ったのだった。

書いた気がしない本

先日、とある小説家に、自分が書いた本を読みなおすことがあるかと尋ねてみた。先方のお答えは、読むものもあれば読まないものもある、とのこと。当たり障りない返答ではあったけれど、文壇の話題をさらったご自身のデビュー作については、発表してから一度も読んでないとのことで、思わずほうっと声が出た。

実はこの質問、文筆を仕事にする人と会った時は、なるべく訊くようにしている。純文学の大御所作家から、主にウェブ記事を手がける若手ライターまで、チャンスがあれば尋ねてきた。私にとっては趣味のようなものかもしれない。

あくまで趣味なので、きちんと記録を残しているわけでも、統計を取っているわけでもない。ただ、これまでのところ、多くの人が「読まない」か「必要がある時は読む（つまりそれ以外は読まない）」と答えたように記憶している。

かくいう私も、自分の本を読みなおすことはあまりない。一度書き上げた文章を読みなおすという作業は、決して楽しいものではない。

＊

原稿は切りがない。一つ一つの表現について、もしかしたらもっと良い言い回しがあるかもしれないなどと考え出したら、いつまで経っても終わらない。だから、原稿を手放す（脱稿する）時というのは、その原稿への思い入れが強ければ強いほど、「もうこれ以上この原稿を抱えてはいられない」という感情が飽和している。正直もう視界の中に入れたくない。映画やドラマやアニメでは、わが子に対して「お前の顔など、もう二度と見たくない！」と言い放つ親がときどき登場するけれど、それに近い感覚かもしれない。

大事な存在だけど今は顔を合わせたくないというか、愛してはいるけど離れて欲しいというか、とにかく愛憎入り乱れた感情になる。私にとって編集者は、その愛憎の道程を共に歩いてくれて、自分ではもう抱えていられないけど誰かに大切にはしてほしいものを引き取ってくれる存在だ。

ただ、編集者に送った後も、著者校正が二度か三度はあるので、そこでまた原稿と向き合うことになる。私の場合、特に書き下ろしの単著に関しては、校正を終えると必ず体調を崩す。というより、体調が限界を迎えたところで校正を終わりにする。こんなことを繰り返して、ようやく一冊の本ができる。

＊

そんな私でも、仕事上の必要がある時は自著を読みなおす。時間を置いて読みなおすと、不思議なことに、自分が書いた気がしない本がある。もちろん、誰かに書いてもらったなんてことはない。正確に表現すると、確かに自分が書いたのだけれど、自分だけで書けたわけではない、という感じだろうか。

良い文章の喩えとして、言葉が自分の内側から湧き上がる、といった表現がなされることがあるけれど、あくまでも私の場合、こうした感覚で書いた文章は後で読みなおしても心を打たない。むしろ、言葉が自分を通過しただけの文章の方が心に響く。

私が書く文章は、自分以外の誰かについてのものが多い。他人様について書くのは不遜な行為だと、いつも思っている。自分の文章が他人様の尊厳や名誉に関わるのだから、決して容易な作業じゃない。ただ、それでも書きたいと思える人と出会えた時の喜びは、他に代えがたいものがある。

尊敬できる相手だからこそ、その声に耳を傾け、関連する事柄を丹念に調べる。そのうち、その人の口癖が不意に自分の口からこぼれたり、ふとした瞬間に、こんな時あの人だったらこう言うだろうな、などと考えて一人で笑ったりすることがある。

当人の言葉遣いが自分の身体に馴染むような感覚が訪れたら、ようやく筆を起こす。すると、大きな間違いを起こさずに済む気がする。ここまで時が熟すには、体感的には五年くらいかかる。とてもじゃないけれど量産なんかできない。

こうした文章は、後になって読み返した時、自分だけで書いたような気がしない。もちろん、パソコンに向かって一文字一文字を埋めていくという作業は自分がした。個々の表現に苦心惨憺したことも、この身体が覚えている。それでも、ふと「あれ、こんなこと書いたっけ？」という感覚が自分の中に芽生える。そうした文章は、きっと、私という個人を超えたものによって書かされたのだろう。何か大きなものの依り代になれた、と言っても良いかもしれない。

＊

二〇一三年に亜紀書房から刊行した『生きていく絵――アートが人を〈癒す〉とき』は、これまで手がけた本の中でも、特に依り代になれたという感覚が強い一冊だろう。二〇二三年に筑摩書房から文庫化するにあたって、久しぶりに全編を読みなおし、その思いを新たにした。

東京都八王子市にある精神科病院、平川病院。ここの〈造形教室〉では、心を病んだ人たちが集い、絵筆を握り、静かにキャンバスと向き合うことで自らを〈癒し〉、自らを支えるという営みが続けられている。

〈造形教室〉に足を踏み入れると、一瞬、迷子になる。たくさんのイーゼルが立ち並び、あちこちに画材が散らばる空間は、医療施設の一画というより美術専門学校の一室という感じがする。

二〇代の後半から三〇代の前半にかけての約六年間、私は週一回、この〈造形教室〉に通った。もちろん、研究のための調査・取材ではあったけれど、レコーダーを回して参加者へのインタビュー記録を取ったわけでも、施設の管理者に詳しく事情を聞いたわけでもない。

とにかく、この場を主宰する安彦講平さん（造形作家）と、教室に通う人たちと、教室のスタッフさんたちと、同じ場所で、同じ時間を過ごした。そうすることで、ここに集う人たちと、もしかしたら同じ景色が見られるかもしれないし、同じ音を聴けるかもしれないと思ったのだ――というのも少し格好付けた言い方で、正直に言えば、あの時の私にはこの空間がとにかく必要だったのだ。

ここに通った六年間で、私は油絵の具と水彩絵の具の違いを知り、アクリル板と塩ビ板を切り出せるようになり、木工用ボンドの特性を理解し、簡単な額縁の作り方を覚え、電動ドリルを扱えるようになり、版画の彫りと摺りのコツをつかみ、キャンバスの張り方を学び、要領よくペンキを塗れるようになり、影絵を上映し、ステンドグラスを作れるようになり、表現者たちが放つ「少しでも良いもの」

への圧倒的な執念を肌で学んだ。

そんなことを繰り返しているうちに、なんとなく聞こえるようになってきた〈造形教室〉の鼓動のようなものを、一つ一つ言葉に落とし込んでいったのがこの本だった。教室の穏やかな空気にたゆたうように文字が紡がれる時もあれば、その日の教室を襲った暴風雨にもみくちゃにされるようにしてキーボードを叩いた時もある。〈造形教室〉に集う人たちは、よく「この場に絵を描かせてもらっている」といった表現をするけれど、その感覚を私も少しだけ体験できたような気がした。

刊行から一〇年を経て、ようやく初刷分がさばけた。重版の見込みも立たなかった。だから、決して売れたというわけではない。文庫化してもらえたのは、文字通り幸運だったのだろう。

ただ、この本を読んで〈造形教室〉の仲間になった人が出てきてくれたし、この本をきっかけにして大事な友人もできた。伴走してくれた編集者も、本に姿形を与えてくれた装幀家も、帯文をくれた恩人も、本当に良心的だった。

静かに、穏やかに、幸せな人生（本生）を送りつつある本だと思う。あんまり、自分で書いた気はしないけれど。

憧れる言葉

憧れている言葉がある。

憧れている作家ではなく、憧れている言葉。

もしも自分が、それなりに長生きすることができたとして。

その間に、いろいろな経験を重ねることができたとして。

この言葉にまでたどり着けたら、自分なりに生きたという感覚を得られるんじゃないか。

そう考えている言葉がある。

＊

あれは何回目のお見舞いの時だったか。

病室のベッドに腰掛けたYさんは、「食べなよ」と言って、先客が差し入れたらしいマスカットをすすめてくれた。金木犀が香りはじめた頃だった。

Yさんが緩和病棟に入ったと聞いてから、仕事の合間を縫っては、なるべく病室を訪ねるようにした。電車を一時間弱乗り継いで、駅から二〇分くらい畑道を歩くと、病院の裏門が見えてくる。敷地が広くて、緑が多くて、森の入口みたいな門だった。

八〇歳を過ぎて末期ガンを宣告されたYさんは、もう積極的な治療は辞退したのだと、長年のご友人から聞かされていた。病室を訪ねた際は、なるべく自然に振る舞おうとは思うものの、やはりそれなりの密度の感情がこみ上げてきて、平静を保つには、どうしてもお腹に力を入れる必要があった。

この日も、病棟の入口で息を整えて、病室の前で気持ちを落ち着けて、なんとなく二~三度、足踏みをしてからスライド式のドアをノックした。Yさんは鼻から酸素吸入のチューブを着けてはいたものの、この時はまだ顔色も良くて、私を見るなり、水が流れるみたいな口調で「食べなよ」と言ったのだった。

私がYさんと知り合ったのは、二三歳になったばかりの頃だった。Yさんが取り組んでいる地域史の資料保存活動を知って手伝うようになり、自然と親しくなっていった。

Yさんは、若者には何はさておき食べさせなければならないという信念を持っていたのか。あるいは、とりあえず若者には何か食わせておけばよいと考えていたのか。私が書架整理を手伝う度に、あれこれ食事の世話を焼いてくれた。

当時の私は、その日ごとに食費と交通費と書籍代とを秤にかけて、そのうちの二つを諦めながら暮らしていたような学生だったから、Yさんと共にいることで得られる空腹を心配しなくてよいという状況が、ありがたくないはずがなかった。

それから一〇年以上が経ち、私も若者とは呼べない歳になって、もともと細かった食が更に細くなったにもかかわらず、Yさんの意識の中では私はあの頃の私のままのようで、顔を合わせるなり、まるで条件反射みたいに食べ物を出してくれたのだった。

荒井が来てくれたのだからせめて何か食べるものを、と思ってくれたのか。それとも、荒井が来ちゃったからとりあえず何か食わせておくか、と思われたのか。

どちらの温度感だったのかは今となっては知るよしもないけれど、どちらにしたって染みるように嬉しかった。

＊

Yさんのお見舞いは、もう快癒後の楽しみを語り合うようなものではなかった。残された時間で、一回でも多くの「会う」を重ねるための面会だった。

少し経つと、Yさんはだんだん声が出せなくなった。会話できていたのが返事だけになり、その返事も次第に短くなって、最小限の相づちだけになった。

そのうち、Yさんは必要なことを紙に書いて伝えるようになった。それも日が経つにつれて、文を書けていたのが単語になり、その単語も形がくずれて読みにくくなっていった。ある日、自分の書いた文字が読めないことを確認したYさんは、少し固まって、黙って横になった。

こんな時は、申し訳なさではち切れそうだった。綴られた文字を読めないことが。別に身内でもないのに、特に頼まれたわけでもないのに、こうして会いに来てしまうことが。Yさんが死に向かって弱りゆく姿を見てしまうことが。それでも、会いたいと思って病室を訪ねてしまうことが。

Yさんは眠っていることが多くなった。きっと鎮痛剤が効いていたのだろう。そんな日には、病室にメモだけ残してすぐに帰った。寂しい気もしたけれど、Yさんが少なくとも今この瞬間は痛い思いをせずにいることに安心した。それと、Yさんに会わずにすむことに安心してしまう自分がいた。わざわざこちらから会いに来たのに。

最期を迎えた時の様子は、後日、立ち会われた方から教えてもらった。
病院の職員さんに頼めば最期のお別れを手伝ってくれる。そう聞いたので、また電車を乗り継いで、畑道を歩いて、病院に行った。職員さんは、本当にお別れを手伝ってくれた。殺風景な霊安室の、ロッカーみたいな小さなドアを開けて、Yさんの棺を引っ張り出してくれた。
痩せて色あせたYさんは、記憶の中の顔と上手く重ならなかった。でも、左の前歯が欠けていたので、ご本人だと分かった。手を合わせても、「ありがとうございました」以外に何を言えば良いのか分からなかったので、「ありがとうございました」とだけ繰り返した。

＊

そういえば、あの時に差し出されたマスカットを、私は頂いたのか、遠慮したのか、肝心のところを覚えていない。いつもの口調で「食べなよ」なんて言われて、私は胸に迫るものがあって、ふっとお腹に力を入れ直して、「今日は少し暑いですね」と当たり障りない言葉を返したのは覚えている。

というのも、「少し暑いですね」とは言ってみたけれど、空調も調光も管理された病室には季節がなくて、それにYさんは、もう季節の移ろいを味わうことがないということに気がついて、暑い寒いも当たり障りない会話にはなりにくいこの場の重みが背中にのしかかってきて、せっかく入れ直したお腹の力がすうと抜けて、もう一度気持ちを立て直して平静を装うのに苦労したから、このやりとりの感覚だけはなんとなく自分の中に残っている。

あの時、Yさんが言ってくれた「食べなよ」に、ずっと憧れている。

たぶん、空腹というのは、もっとも慮《おもんぱか》りやすい他人の痛みなのだろう。とても親密な人に対しても、知り合ったばかりの人に対しても、相手が抱える事情を知っていても、知らなくても、とりあえず空腹は気遣えるし、空腹までは踏み込める。

それでいて、結局人は何かを食べなければ生きていけないのだから、空腹を癒すのは、その人に生きていて欲しいという、とても素朴で根源的な気遣いでもある。

Yさんは時々、自分は小学校もまともに出てないから、なんて言っていて、難しいことも、偉そうなことも、一切その口から出てくることはなかったけれど、なんというか、人の心の基本を押さえた人だった。

自分の死が、もう目に見えるところまで近づいているのに、それでも自然に「食べなよ」と言えるYさんの、その「食べなよ」のしなやかさにまで、なんとか私もたどり着きたいと思う。

これからも文章を書き続けられたとして、何か自慢できるような賞や名誉が欲しいわけでもないし、そんなにたっぷりとお金が欲しいというわけでもないけれど、いつか、だれかに、Yさんと同じ口調で「食べなよ」と伝えられたら、そんな言葉にまでたどり着けたら、それなりに生きた心地がするのだろう。

羨ましい読まれ方

本を書く時は、まずはじめに、どんな人に読んでもらいたいかを意識する。企画・構想の段階から、編集者とは仮想読者について話し合う。誰を宛先とするかによって、難易度(専門性)、文体、体裁、広告戦略、つまり本というもののほとんどすべてが決まる。

刊行後に著者インタビューなどの取材があれば、必ずといってよいほどこの質問を受ける。それを見た書店員さんたちが、どのジャンルの棚に配置するかなど、あれこれ工夫してくれる。だから、どんな人に読んでもらいたいかは、本を書く上で最も大事な問題だと思う。

ただ、実は私には、これと同じくらい重要な問題がある。どんな風に読んでもらいたいかが、どうしても気になってしまう。

＊

こんなことを考えるようになったのは、一枚の絵を見たことがきっかけだった。世紀末芸術の旗手、グスタフ・クリムト（一八六二～一九一八年）の代表作『ベートーベン・フリーズ』（一九〇一年）だ。

パートナーの聡子さんと結婚した翌年、ウィーンの美術館セセッシオン（ウィーン分離派会館）にこの絵を観に行った。もう一五年以上も前のことだ（ちなみに、パートナーにこの本の中ではどう呼んだら違和感がないかを確認したところ、「パートナーか妻」とのことなので、この本ではその時々の文脈で表記する）。

まったく旅慣れていない上に、地図を読むのが苦手な私は、ホテルのある中心街から少し離れたこの場にたどり着くのにとても苦労した。上手くトラムを乗り継げば大した距離ではないらしいけれど、もともと苦手な路線図がドイツ語になるともうお手上げ状態で、ずっと混乱しっぱなしだった。

当時は、いわゆる『歩き方』を指南するガイドブックだけを頼りに旅をしていた頃で、タクシーも控えたい貧乏旅行だったから、結局、夏の日差しに焼かれながら相当な距離を歩くことになった。

ちなみに、聡子さんは学生時代に一人でヨーロッパの田舎めぐりをしていた旅行上級者。旅先での「分からなさ」を楽しみながら一緒に歩いてくれたあたり、欧州の乾いた空に浮かぶ雲くらいかっこよく見えた。

*

『ベートーベン・フリーズ』は、音楽家ベートーベンの代表曲『交響曲第九番』に着想を得た絵巻物のような大作で、縦幅は約二メートル、横幅は三〇メートルを超す。長方形をした展示室の壁面の、大人が背中をそらして見上げるほどの高さのところに、ぐるりと一周、張りめぐらされていた。スケール感からすると、絵画というより、むしろ壁画に近いかもしれない。

この絵の専用展示室は半地下になっていて、作品保護のために空調が効いていたのか、あるいは半地下という構造が室温を抑えていたのか、シャツの襟元をパタパタ扇ぎながら歩いてきた私たちには、ほっと一息つけるほど涼しかった。

同じように安心したのか、大きなバックパックをもった若者たちが床に座り込んだり壁にもたれたりしながら、この絵を観ていた。中には肩を寄せ合うカップルがいたり、クロスワードパズルに夢中になっている人がいたりして、日本の美術館で礼儀正しく鑑賞することに慣れきった私たちには、とても新鮮な体験だった。

私も床に座り込んでしばらく作品を観ていたけれど、この場では絵を観ている人を見ることの方が面白くて、作品鑑賞よりも人間観察をしている時間の方が長かった。寄りかかったコンクリートの壁が背中のほてりを吸い取ってくれる感触が心地良くて、短い時間、ついうとうとしたりもした。

ちなみに、当時セセッシオンの入館料は八ユーロ五〇セント。白い画用紙に入館料と館名が黒一色で刷られただけのシンプルな入場券で、文化祭の模擬店の食券でももう少し気を遣いそうなものだと思ったけれど、逆にその潔さが格好良くも感じられて、今も手元にとってある。

＊

実はあの時、半地下の展示室で、一人のバックパッカーが荷物を枕にしながら、ボロボロになったペーパーバックを読んでいた。なぜかこの光景が、時が経つにつれ、後からじわじわと記憶の中でふくらんできて、羨ましくてどうしようもなくなった。

世界的な名画の展示室で寝転びながら本を読める若者の、その自由奔放さが私には羨ましかったし、名画そっちのけで本に没頭できる読書愛が羨ましかったし、名画そっちのけで読んでもらえる本を書いた著者のことも羨ましかったし、ボロボロになるまで読んでもらえて、しかも旅にまで連れて行ってもらえる本それ自体のことも羨ましかった。

学者としての私の仕事は、自分の研究成果をまとめて本にすることだ。ただ私は、どうしてもそこに一工夫、加えたくなる。内容も、体裁も、文体も、硬派な学術書ではなく、やわらかな読み物にしたくなる。実際、そのための努力をしてきたように思う。

もちろん、そこには色々な理由があるのだけれど、一つには間違いなく、あの光景への憧れがある。私が書いた本も、いつか、この世界のどこかで、誰かに、あんな風に読んでもらいたいのだ。

遠くの場所で言葉が重なる

『ベートーベン・フリーズ』を観た翌日、陸路でチェコ共和国の首都プラハに入った。現時点の私にとって、今まで赴いた中で最も遠い街だと思う。四時間以上鉄道に揺られてたどり着いたプラハ中央駅は、どしゃぶりの雨に包まれていた。どうやら隣国のポーランドでは、数十年に一度の水害も起きていたらしい。

ホテルスタッフのピーターさんが駅まで迎えに来てくれていた。スキンヘッドが似合う、とても温和な好青年だった。挨拶を済ますなり、「天気、残念だったね」と同情された。「この時期のプラハって、こんなに雨が降るの?」と聞くと、「大丈夫、明日は晴れるから」と満面の笑みで返してくれた。

滞在予定はわずか二日間だったから、ホテルに荷物を置いた後、聡子さんと「せっかくだから外を歩こう」となった。有名なカレル橋は大雨で煙っていたし、下を流れるヴルタヴァ川はどろどろと波打っていて、スメタナの調べとはほど遠かった。夏なのに身体は冷えて、ぐっしょり濡れた靴は重かった。空腹も耐え難かったから、道沿いで目に留まったレストランに入って地元名物の鱒のスープを頼んだら、びっくりするほど美味しくなかった。夕方を少し過ぎたくらいの早い時間帯だったから、十分煮込まれる前のものが出てきたのかもしれない。だとしたら、プラハに悪いことをした。

ようやくホテルに戻って一息ついたら、なんだか急におかしくなってきた。いろいろとついてなくて、でも、これはこれでとても面白くって、なんだか不思議と幸せだった。

ピーターさんが予言した通り、次の日は突き抜けるような青空だった。

プラハに来た理由は二つあった。

一つは、歴史的演説の舞台を見たかったのだ。

この年の四月、プラハ城に隣接するフラチャニ広場で、バラク・オバマ米大統領(当時)が核なき世界の実現を訴えた。オバマは演説の中で、唯一核兵器を使用したことのあるアメリカという国家の道義的責任にも言及した。

上手く説明できないけれど、私は衛星放送で見たこの演説の、聴衆で溢れたこの広場に立ってみたかった。オバマの演説を聞いた人たちの胸には、きっと希望が灯ったはずだ。私の中にも灯った気がした。もちろん、プラハの聴衆一人一人と、東京の片隅にいた私とでは、歴史も文化も言葉もまるで違うから、灯った希望も重ならない。でも、それでも、重ならない希望を、せめて場所だけでも重ねてみたかった。

朝食を済ますと、ホテルスタッフの女性が「晴れてよかったね」と声をかけてくれたので、ついでに広場までの行き方を尋ねた。私の拙い英語では、たったそれだけのこともなかなか伝わらなくて、「うまく聞き取れなくてごめんなさい」とスタッフを気遣わせてしまった。見かねた聡子さんが助けてくれたら、すんなりと用が足りた。

「そこなら、そんなに遠くないから、歩いて行けるよ」と笑顔で送り出されたはいいものの、地図が苦手な私は案の定、道に迷った。「こっちでいいんだよね」というフレーズを四〜五回繰り返して、ようやくテレビ画面越しに見た景色と重なる広場にたどり着いて、「ここでいいんだよね」と三～四回つぶやいた。

フラチャニ広場は、想像していたよりもせまかった。ちゃっちゃと歩けば、私の英語がホテルスタッフを困らせていたくらいの時間で横切れそうなこの場所で、核なき世界を目指す崇高な言葉が語られたのだった。


プラハに来たもう一つの理由は――実はこちらの方が先に提案されていたのだけれど――カフカの家に行きたかったのだ。

プラハ城の敷地内に黄金小路と呼ばれる古い小道あって、その道沿いにNo.22と振られた家が立っている。作家のフランツ・カフカ（一八八三～一九二四年）が一時期、ここを執筆部屋として使用していた。外壁を鮮やかな水色に塗られたその家は、有名な観光スポットかつ土産物店になっている。特にカフカに関する貴重な資料が残っているわけでもないけれど、でも、カフカを愛する聡子さんが「ここに行って素敵な絵はがきを一枚買いたい」と言ったから、私には行かない理由がなくて、二人で節約に節約を重ねて、ここに絵はがきを一枚買いに来たのだった。

フラチャニ広場からプラハ城は目と鼻の先だった。城内のガイドマップを頼りに黄金小路を探す。もう、すぐそこの角を曲がれば念願の目的地となったところで、工事現場でよく見る腰くらいの高さのバリケードフェンスが目に入った。

黄金小路の一画は、石畳の修繕工事中だった。その場にいたヘルメットの男性に「通れないの?」と聞くと、当然のように「通れないよ」と返ってきた。やっとの思いでここまで来て、あと一〇数メートルの道が閉ざされていて、カフカの家で絵はがきを買えないばかりか、有名な水色の外壁を見ることさえできなかった。

しばらく二人でバリケードフェンスの前にたたずんでいると、なんだか不思議と楽しくなってきた。

「うん、また来よう」

そう言って、私たちは踵《きびす》を返し、聖ヴィート大聖堂のステンドグラス(ミュシャ原画)を観に行った。

ところで、あの時の「うん、また来よう」は、私から聡子さんに言ったのだったか。

聡子さんが私に言ってくれたのだったか。それとも、各自つぶやいたのだったのか。うまく思い出せない。たぶん、言葉が重なったのだろう。

伸ばせたかもしれない翼を語る

九州の義祖母は、義父方も、義母方も、長命だった。

妻の実家に帰省すると、少し離れたところの義祖母宅まで、東京土産を届けにいくのが恒例だった。玄関先での義祖母の様子を見るだけで、妻はどちらの「おばあちゃん」からも大切にされ、愛されてきたことが分かった。祖父母との思い出が薄い私には、それは素朴に羨ましい光景だった。

仏壇に線香をあげると、義祖母は本当に待ちかねたと言わんばかりに妻を卓袱《ちゃぶ》台《だい》の向かいに座らせて、よくしゃべった。東京での仕事の様子を尋ね、身体を気遣った後は、不思議なことに、どちらの義祖母も必ず女学校時代の思い出を語った。

同級だった○○さんは運動が得意でハイジャンプの選手だったとか、ある年に

△△さんと□□に遠出したのだとか、当時の日常を追想するような話が多かった。

義祖母たちの思い出話は細部がやけに具体的で、私が知りようもない人名や地名がたくさん出てきたから、正直、内容はよく分からなかった。後で妻に解説してもらおうとしたら、妻もよく分かっていなかった。

それでも、楽しそうに語る義祖母と向き合う時間は悪くなかった。東京で生まれ育ち、仏壇に手を合わせる習慣もなかった私は、幼い頃に友だちの帰省話を羨んだものだった。かつての自分が憧れた田舎とは、こういうものなのかもしれない。そんなことを考えたりもした。

その後、私たち夫婦に子どもが生まれると、義祖母たちの興味関心は一挙に曾孫へと流れ込み、件《くだん》の話を聞く機会も減った。とはいえ、曾孫と曾祖母が共にいられる時間は長くなかった。やがて義祖母たちも体調が思わしくなくなり、帰省しても顔を合わせる機会が減った。

義父方の義祖母はコロナ禍の前に、義母方の義祖母はコロナが落ちつきを見せはじめた頃、天寿を全うした。最晩年、会うことさえままならなかった妻は、特に寂しかったことだろう。

＊

ある日のこと。いつも通りサブスクリプションの映画を流しながら夕食の支度をしていた時、ふと、こんなことを考えた。なぜ義祖母たちは、妻に女学校時代の話を繰り返し聞かせたのだろう。

理由を考えたことはなかった。私は「おばあちゃん」という存在をよく知らないから、きっと「おばあちゃん」というのはこういう話が好きなのだろうと思っていた。でも、もしかしたら、そこには好き以上の何かがあったのかもしれない。

義父方の義祖母は大正生まれ。
義母方の義祖母は昭和一桁前半生まれ。
戦前、戦中、戦後という激動の時代を――私にとっては知識でしかない時代を――義祖母たちは実際に生きてきた。

今よりもずっと封建的で保守的な時代に、男尊女卑の風潮が強い九州という土地で、義祖母たちは女性として生を享け、娘として親に従い、一〇代で見合い結婚をした後は妻として夫に仕え、嫁として舅姑を気遣い、子を産んだ後は母として奮闘してきた。

とにかく、あらゆる場面で自分を後回しにして、いつも誰かを優先して生きてきた。

夫が先立ち、子どもたちも自立した晩年には、自分を労るくらいの時間は取れたのかもしれない。義父方の義祖母は婦人会の活動が楽しそうだったし、義母方の義祖母宅には趣味の小説が積まれていた（聞くところによると、義祖父は義祖母が家で読書するだけで機嫌が悪くなったらしい）。

とはいえ、それは自分の時間を取り戻せたというより、これまで背負ってきたあまりにも大きな荷物を下ろして、ようやく一息つけたと言う方が実情に合っていたのではないか。

義祖母たちが楽しげに振り返っていたのは、当時の学制でいう高等女学校。年齢でいうと、おおむね一二歳から一六歳にあたる。青春と呼ぶには短すぎるこの数年間は、彼女たちの人生の中でほとんど唯一、自分の人生を生きられた時間だったのだろう。

もちろん、女学校に通わせてもらえていた時点で、当時の女性としては恵まれていたのだろう。義祖母たちは二人とも、地元では名のある旧家の出だと聞く。だとしても、本人たちからすれば、密度ある青春を過ごすことの楽しさと尊さを知るが故に、自分にはもう少しだけ広げられる翼があったのではないかと、思い悩むこともあったのだろう。

*

彼女たちが帰省を待ちわびた孫娘は、一八歳の時、自らの意思で九州を離れ、東京の大学へと進学した。大学院では学費を自弁しつつ、苦労の末に博士号を取り、やはりこの地で職を得て、絵に描いたような男社会的組織の中で奮闘している。

三世代を経て時代は変わった、というわけでもないのかもしれない。妻が育った時代にも、女の子は……といった言辞は世間に溢れていた。

妻となって夫を支え、母となって子を育て、次の世代へと命をつないでいく。それは女性にしかできない大事なこと。だから、女の子はそれほど多くを望まなくてもよいのではないか。こうしたメッセージから自由になれる場所は、ほとんどなかった。

もしも自分に翼があるなら、どこまで飛べるか試してみたい。そう願う女の子の心に、この種のメッセージは心に重くのしかかったことだろう。自分が自分を活かすために支払おうとする労力は、本来、他の誰かのために使われるべきものではないか。自分のために生きようとする自分はわがままなのではないか。妻は妻なりに、自分の人生を生きることに葛藤を抱え続けてきた。

東京西部のベッドタウンの、核家族の三姉弟の末に生まれた私には、自分の人生を生きることは当たり前すぎるほど当たり前で、そのことについて悩んだこともなかった。この世の中に、こうした悩みがあることさえ知らなかった。

東京の大学で学問を続け、大学院時代に知り合ったパートナーと結婚し、忙しい仕事の合間を縫って帰省する孫娘の姿は、義祖母たちの目にどう映ったのだろう。きっと誇らしくもあり、羨ましくもあったのだろう。

そんな孫を相手に、義祖母たちは女学校の思い出を繰り返した。自分の翼で飛び立った孫娘のために、何か役立つことを語ってあげたい。そう願う義祖母たちが語れたのは、あの短すぎる青春の経験しかなかったのかもしれない。それでも自分の人生を生きることの尊さを伝えるために、必死に記憶を掘り起こしてくれたのだと思う。

あるいは、実はそんな立派な理念なんかなくて、ほどほどに人生経験を重ねた孫娘が絶好のおしゃべり友だちに認定されただけだったのかもしれない。義祖母たちの語りには、必ずと言ってよいほど義祖父への不平不満が登場したから、こちらの要素も少なからず入っていたと思う。

南側にゆったり土地を取った田舎の家の、静かに風の通る畳の間で、孫を相手に繰り返された義祖母たちの昔語りは、女性から女性への世代を超えたエールであり、教訓であり、自慢話であり、愚痴であり、世間話だったのだろう。まとまりもなく、とりとめもないその語りは、少し退屈なこともあったけれど、でも、いつもどこか凜としていた。

時々こうして言葉にしておく

「今日さ、おれって言っちゃった」

学童保育から帰ってきた息子が、少し照れながら報告してくれたことがあった。小学校に通いはじめて三ヶ月くらい経った頃のことだった。

それまで息子は、家族からも友だちからも「名前の上半分＋くん」と呼ばれていたし、自分でも自分をそう呼んでいたから、「おれ」という自称詞を使うのは、本人にとってちょっとした冒険だったのだろう。

三月まで通っていた保育園にも自分を「おれ」と呼ぶ友だちがいたけれど、同級生が三人しかいない小さな施設だったから、人数の上で目立つことはなかった。私も家族の前では使わないから、息子には馴染みのうすい自称詞だったと思う。

一転して、入学した公立の小学校は首都圏でも有数のマンモス校だったし、違う学年の子どもと交流する機会も急激に増えたから、必然的に「おれ」の使い手との遭遇頻度も上がったのだろう。小学生になるという経験は、その時点での息子にとって人生最大のイベントだったはず。押し寄せてきたいくつもの環境の変化に触発されたか圧倒されたか、何か思うところがあって冒険への一歩を踏み出してみたらしい。

当の発言以降、息子は言葉の端々に「男ことば」を混ぜだした。それに連動してか、必死に背伸びしはじめたようにも見えた。学童保育の入口から「〇〇くーん」と呼ぶと、その帰り道、「あそこでは〇〇くんって呼ぶなよ」と釘を刺されたし、一緒に買い出しに行ったスーパーで「今日の夜はちっちゃいお魚食べようか?」と提案したら、「しらすって言えよ」と強めに注意された。

敵を威嚇する小動物みたいなしゃべり口は、親も聞き慣れなかったけれど本人も使い慣れなかったらしい。どこかおずおずといった感じがした。息子は息子でこの異物を持て余していたのかもしれない。言葉では子どもの殻を脱ごうとしながら、それでも隣を歩くと自然にこちらの手を握ってきたり、寝る前には相変わらずクマのぬいぐるみが必要だったりと、なんだかちぐはぐなことばかりしていた。

思い返せば、この時期の息子はよく親を困らせた。学童がつまらないから少しでも早く迎えに来てほしいと切々と訴えるので、心配になって仕事を早めに切り上げて迎えに走ると、友だちと遊んでいる最中に迎えに来たことを強い口調で責めてきたり、ある時は言いがかりにもなってないような無茶苦茶な要求をふっかけてきたり、親が言ってもないことを「言った」と言い張っては泣いて抗議してきたりもした。

「男ことば」は基本的に、ぶつける、張り合う、押しつける、強がる、誇示する、命令する、といった言動仕様になっているから、この言葉で自分を操作すると、甘えるとか、頼るとか、寄り添ってもらうとか、弱さを受け容れてもらうとか、そういったことがどうにもこうにもやりにくくなる。息子は七歳になったばかりの頃で、まだまだ親に甘えたい気持ちもたっぷりあったはずなのに、背伸びして口にしはじめた言葉が邪魔をして、心とのバランスが取れなかったのかもしれない。

そんな息子の様子を見ていて、私は思わず「その言葉、けっこう面倒くさいだろ」と言ってやりたくなったけれど、言ったところでたぶんよく分からないだろうから、何を言われても「そうだね」とだけ応えておくことにした。

やがて息子は、自称詞や語尾や単語を少しマイルドに調整しだした。冒険的に使いはじめた漫画みたいな「男ことば」は、どうやら彼には濃すぎたようで、ちょっと希釈して使うようになった。それに伴って、わりと素直に甘えてくるようにもなった。端から見たら、幼児返りのように見えたかもしれない。でも、彼が自分で違和感の少ない言葉を探せたことは、大変な成長だと思った。

こういう時は、頭をなでて褒めてあげた方がよいのだろうか。私にはよく分からなかった。ただ、「よく自分で言葉を調整できたね」と言ってあげたとしても、たぶん意味は通じなかっただろう。でも、通じなくても伝えるべきだったか。そっと見守ればとりあえずは十分だったか。今でもよく分からない。

それなりにがんばって親をやっていても、何が親的正解なのかは分からない。分からないけど、子どもは育っていくから面白い。子どもも子どもで、子ども的正解なんて分かっていないはずなのに、それでもそれなりに育っていくからたくましい。

その面白さやたくましさは、iPhoneがどれだけバージョンを重ねたって撮れないだろうから、時々こうして言葉にしておく。

感情の海を泳ぐ

ある平日の朝のこと。

たっぷりと寝坊した小学生の息子は、朝食そっちのけで友だちのエピソードをしゃべりまくった。朝はこちらだって忙しい。時計の針をチラチラ見つつ、あれこれ口出しして急かしながら、空いた皿を食洗機につっこんでいく。

そんな親心もどこ吹く風とばかり、わが子は鼻歌まじりで身支度を整える。ランドセルを背負い、靴ひもを結び終えたところで、大事な忘れ物に気づく。玄関先でドタバタ劇を繰り広げてなんとか送り出し、ようやく自分の支度に取りかかった時、不意に涙がにじんできた。

涙の原因はうまく言えない。わが子に親に話したくて仕方ない友だちがいてくれることがたまらなく嬉しかったこともある。子どもの話を聞く余裕もない自分が情けなかったこともある。忙しい朝に発揮されるマイペースさには正直苛ついたし、意外に口うるさい自分にも小さな嫌悪感を抱いた。

それにしても、親の顔色を気にしないわが子の胆力は見上げたもので、畏敬の念さえ抱く。とはいえ、毎朝おなじようなドタバタ劇を繰り返す徒労感は、なかなかしんどいものがある。

こうした感情が混じり合って、たまたま涙腺から湧き出すものが湧き出したのだろう。大の大人の目から涙がこぼれたからといって、別に悲しいわけでも、つらいわけでもない。人間の感情は、そんなに単純にはできていない。

子どもと共に生きることは、感情の海を泳ぐような営みかもしれない。しかも、そこそこ潮の流れがきつい海。しんどすぎて笑ったり、楽しすぎて疲れたり、怒りながら心配したり、寂しい気持ちを喜んだり、嬉しく思いつつ悲しんだり、全身全霊で愛しているけど今この瞬間だけは嫌いだったり、矛盾しまくった感情の波が、大小入り乱れながら、次から次へと押し寄せてくる。

これはこれで、慣れさえすれば結構おもしろい。でも、不安定さというのは脆さと隣り合わせでもあって、こちらに仕事のトラブルがあったり、理不尽な問題に巻き込まれて落ち込んでいたりすると、気持ちを立て直すのにすごく時間がかかったり、子どもにかかる手間がしんどくなったりする。

とはいうものの、このやっかいな海がそれなりに優しくて豊穣なのも事実で、仕事のミスや人間関係のいざこざなんかも、ある程度のものであれば、いつの間にか洗い流してくれている。何度、この海の包容力に助けられたことだろう。

ありがとう。

うっとうしいな。

どうか健やかに。

めんどくせえ。

大好きだよ。

息継ぎのたびにつぶやきながら、今日も、明日も、明後日も、食洗機に皿をつっこんでいく。

生きられた世界に潜る

息子がまだ幼かった時のこと。どうやら「菓子パン」のことを「貸しパン」だと勘違いしたらしく、食べてしまったものをどうやって返せばよいか分からないからそんなパンは食べられない、と真剣に悩みだしたことがあった。

子どもらしい勘違いを面白がりつつも、私は「貸しパン」が「菓子パン」であることを説明し、食べてしまったのならお金を払えば良いのではないかとアドバイスした。息子はすぐに納得し、すっきりした顔をしていたけれど、私は猛烈に後悔した。

賢しらにそんなことを教える前に、食欲よりも返済を心配した息子の律儀さを褒めてあげるべきだったし、食べてしまったものをどうやって返せばよいのかという大人には決して悩めない悩みについて、もっと一緒に悩んであげるべきだった。

そもそも、お金を払えば借りたパンを返したことになるのだろうか。それは購入なのであって返却ではないのではないか。だとしたら、借りるや返すとは一体どのような行為なのか。

当時の息子は、保育園の友だちとオモチャを貸したり借りたり、あるいは取り合ってケンカしたりを繰り返していたから、息子なりの貸し借りのリアリティがあったはず。彼ともっと言葉を交わして、その価値観を感じ取って、息子が経験している世界に飛び込んでみればよかった。

私には中途半端に常識的なところがあって、つい当たり前なことを言ったり考えたりして落ち込むことがある。目の前にいる人によって「生きられている世界」へと飛び込めば、もっとスリリングなことがあるかもしれないのに。凡庸な人間なのだから仕方がないと言えば、それまでのことなのだろうけれど。

実は以前にも、とある人からこの点を鋭く突かれたことがあった。約半世紀前の女性運動にたずさわった人だった。

反差別運動に関心がある私は、もしも叶うなら、一度はこの人にお会いしてみたいと願っていた。願ってはいたけれど、生来の人見知りもあって心の準備が整わず、情けないことに取材依頼を先延ばしにしていた。

仲介を申し出てくれた編集者が現れて背中を押してくれたので、いよいよ意を決して、名刺代わりの拙書と取材依頼の手紙を送ったところ、すぐにお返事を頂けてお会いすることができた。

当日の面会は、インタビュー調査のような肩肘張ったものではなく、ほとんど雑談に近い賑やかなものになった。どうやら先方も、私がそれなりに勉強していることを買ってくれたようだった。ただ、話の途中で、その方が真剣な面持ちで私に向けてこうつぶやいた。

「あなたには狂気が足りないのよね」

＊

「狂気が足りない」と言われても、その時の私には何が何だか分からなかった。

そもそも、学者は論理的に物事を考えるのが仕事であって、そこに「狂気」を持ち込むことなど許されるのだろうか。書き手の「狂気」を織り込んだ学術論文など成立するのだろうか。書けるものなら書いてみたい気はするけれど。

この一言は、その後しばらく私の中で尾を引いた。自分の凡庸さを責められた気がしたのだ。私に「狂気」が足りないのなら、なんとか小さな「狂気」を備えてみようと思い、イベントや集会で話を振られた時にわざと関係のない話をしてみるということを二～三回やってみたけれど、単純に滑って傷ついただけだったのですぐに止めた。ちなみに、当の運動家が主催するイベントでもやってみたら、「あなた何言ってるの？」と真顔でたしなめられた。

後々、この方の著作を読みなおしたり、一緒に運動していた人たちとお会いする機会を重ねたりして、少しだけではあるけれど、「狂気が足りない」の真意が分かるような気がしてきた。

＊

件《くだん》の女性運動家が取り組んだのは、例えば男女雇用機会均等法（一九八五年）のような法律や制度を作って女性の社会参加を促していく、といった類いの運動ではなかった。なんというか、それはもっと荒々しくて、どろどろと生々しい闘いだった。

その運動家は、ずっと「女だから」というだけで下に置かれ、軽んじられ、後回しにされ、馬鹿にされ、無視され、言うことを聞かされ、黙らされてきた。それが苦しくて、惨めで、歯がゆいのだと、身をよじるようにして叫んだ。同じ思いをしているはずの女性たちに向けて、「あんただって悔しいんでしょ!」と、励ますように、叱るように、呼びかけたのだった。

女性を押し込める世の中を変えたい。そう声を上げた彼女たちに対して、世の中はどう応じたか。ある人は無視し、ある人は嘲笑し、「これだから女は」「生意気」「出過ぎた真似」「ヒステリー」「ブスの僻み」「被害者意識が強い」といった言葉を投げつけた。

当時はそうした時代だったと、過去形で語ることは残念ながらできない。半世紀経った今も、これに似たような出来事は、うんざりするほどあちこちで起きている。

その女性運動家は、喩えるなら、そんな社会そのもの、世界そのものと取っ組み合おうとした。彼女が運動の最前線を疾走していた頃の資料を読むと、その言葉には確かに「普通」ではない何かがある。歪んだ社会をぶっ壊そうとする熱狂めいたものがある。差別される痛みや苦しみを真っ正面から受け止めて、女性を虐げる世界そのものに体ごとぶつかっていこうという迫力がある。

＊

私には、たぶん、世界から拒絶された経験がない。世界そのものから虐げられたことも、たぶん、ない。もちろん、私も私なりに、これまでの人生で嫌な思いをしたり、傷つけられたりしたことは、たくさんある。でも、私が「男である」という理由だけで、世界そのものから見くびられたり、軽んじられたり、嘲られたり、存在を無視されたり、といった経験は、おそらくない。

当の女性運動家は、そんな私のことを頼りなく思ったのだろう。頭でっかちで、物事を知識と理屈から考えていく私に、あの頃の自分が経験した「狂気」を理解することなどできるのか。自分が体験した世界の深みまで、この中途半端に常識的な男が潜ってこられるのか。そんなことを不安に思ったのだろう。

ずれた言葉の隙間を埋める

高校生たちが織りなす人間模様を緻密に描く『スキップとローファー』（高松美咲、講談社『月刊アフタヌーン』連載）を愛読している。私の中では間違いなく、人が作り出した物語類の中で最も愛おしいものの一つだと思う。

本作コミックスの第九巻に、主要人物・志摩聡介くんが友人の迎井くんと銭湯で語り合う場面がある。主人公・岩倉美津未ちゃんのことをどう思うかという点からはじまった話は、志摩くんの中で「好き」という言葉の意味が、どうやら友人たちのそれとはずれていることが判明するところにたどり着く（どうずれているかを知りたい人は、ぜひ作品を読んでほしい）。

それまでの物語の展開で、志摩くんの家庭が複雑な事情を抱えていることがたびたび描かれている。彼の中の「好き」という言葉のずれも、おそらくそこに一因があるだろうことは、読者もすぐに察しがつく（本人も原因を自覚している節がある）。

容姿端麗で人当たりも柔らかい志摩くんは、人気者でありながら、どこか冷たい影がある。人間関係にも彼なりの悩みを抱えてきた。この場面では、その苦労の底に潜むものが示唆されて、彼の存在が読者にとってもう一段身近なものになる。控え目に言って、とてもとても素晴らしい。

＊

誰かのことを知るというのは、かなりの部分において、当人の言葉の偏りを理解することではないか。個人的に、そう思っている。人は日々の暮らしを積み重ねる中で、自分の置かれた環境を生き抜いていく中で、意識することもなく言葉の意味を偏らせていく。

卑近な例ではあるけれど、編集者と揉める言葉の一つに「夕方」がある。何時から何時までを「夕方」とするかは個々人でばらつきがあって、「原稿、今日の夕方までにはなんとかなります」と言ったり言われたりした場合、具体的には何時まで待ったり待ってもらったりすればよいのか分からず、やきもきしたりさせたりしてしまう。

気象庁が定める天気予報の用語では、「夕方」とは一五時頃から一八時頃までを指すらしい。でも、人間の生活感覚は必ずしもこうした定義にはおさまらない。私の感覚だと一六時くらいにならないと「夕方」という感じがしないけれど、朝型の我が家は夕食を取るのも早いから、一八時というとすっかり「夜」という気がする。

一方、編集者には夜型の人が多く、中には「少しでも明るいうちは夕方、夏は一九時くらいまで」という人もいる。こうした人とは冒頭のやりとりで軽く揉める。ただ、編集者という立場の人たちが「夕方」を後ろ倒しにしている背景には、私たち書き手の都合(という名の無理難題)に対応し続けてきた職業的責務の長い歴史があるはずで、それを思えば、最後は「ありがとうございます」以外の言葉はない。

そういえば、パートナーの聡子さんと出会って一緒に暮らすようになった頃も、時間の感覚を表す言葉が重ならなかった。「一八時ごろ帰る」というのは、その時間に「家に着く」のか「職場を出る」のか。「あと一〇分くらいで着く」というメールは、「六〇〇秒前後で到着する」という時間の見積もりを報告しているのか、「そんなに長くは待たせない」という意気込みを伝えているのか。そうしたことが分からなかった（どちらも私は前者で、聡子さんは後者だった）。

こうしたすれ違いは、不便と言えば不便ではあるけれど、お互いに暮らしを積み重ねてきた結果として意味が偏ってきたのだと思えば、それ自体は尊重されるべきことなのだと思う。

逆に言えば、こうした偏りを話し合いで埋められるかどうかや、感覚的に許し合えるかどうかといった点が、私の中では、その人と関係を築けるかどうかのリトマス紙になっている。ちなみに、志摩くんとは是非とも仲良くなりたい。

＊

社会全体が混乱すると、言葉のずれが個々人の問題を超えてしまうことがある。新型コロナウイルスがもたらした大混乱の中では、幾度もそうした場面に直面した。

「不要不急の行動自粛」という場合の「不要不急」の範囲は人によってまったく違っていた。この言葉のずれが原因でトラブルを経験した人は、きっと少なくないだろう。

私の周囲では、「できるだけのことをしよう」という表現が解釈の違いを生んで困った。ある人はこのフレーズを「すべきことの防衛ラインを可能な限り最小に絞り、せめてその範囲内のことだけは守る」の意味で使い、別の人は「すべきことの防衛ラインを可能な限り最大に押し広げ、なるべくコロナ前の日常を維持する」の意味で使っていた。だから、掛け声としては一緒に叫んだのに、叫んだ後の行動がまったく別物になる、ということがたびたびあった。

コロナ禍で言えば、「科学（的）」という言葉もこの種のずれを生んでいたように思う。緊急事態宣言のような強い行動制限は賛否が分かれた。「科学的にやむを得ない」という意見もあれば、「そうならぬよう科学的に対処せよ」という声もあった。

ある人からすれば、「科学」というのは「出来事や現象を人間の都合とは関わりなく客観的に把握しようとする姿勢」のことであり、また別の人からすれば、「私たちの生活や暮らしがより快適になるように支えてくれる技術」のことだったのだろう。前者からすれば、行動制限による不自由は「科学的」に避けられないものになるけれど、後者からすれば、不便や不自由を強いられる時点でそれはもう「科学的」でないことになる。

私は基本的に前者の意味で「科学」を使うけれど、「科学という言葉はこの意味で使うのが正しい」と言うと、更に「正しい」という言葉のずれが亀裂を生んでいく。この言葉は、辞書で引けば「道理にかなっている」(『大辞泉』)などと出てくるけれど、また一方では——特にSNS空間などでは——「豊富な知識を備えていると自負する人物が、自分の有能さを押しつけてマウントを取る言葉」として受け取られることがある。

コロナ禍は、あらゆる場面で、個々人の言葉の偏りが亀裂のもとになりかねなかった。「ちょっと会いませんか?」という一言も、その「会う」には食事が含まれるのかどうかとか、その「食事」もお茶程度なのかお酒が含まれるのかとか、単に言葉をやりとりすること自体がひどく面倒で、しんどかった。

ただ、逆に、このように言うこともできるかもしれない。コロナ禍は、普段の私たちがどれだけ意味のずれを意識しないまま、雑に言葉を交わしてきたのかを実感させてくれる機会でもあった、と。

私たちは、こんなにも重なり合わない言葉をやりとりしながら、どうして人間関係や組織や世の中を維持できているのだろう。冷静に考えれば、不思議でならない。きっと、みんな必死になって、分かったふりや、伝わっているふりをしているのだろう。

あるいは、なんだかおかしいと思いながら、それでも懸命に我慢して、こうしたずれを埋め合わせている人がいるのだろう。

心の在処を表現する

幼い頃から、自分を表現するのが苦手だった。理由は、たぶん、いろいろある。小学生の頃、猛烈なチックに悩まされた。音を出さずに呼吸したり、身体をビクつかせずにいたり、変な言葉をつぶやかずにいたり、といったことが本当にできなかった。

こうしたことがチックなのだと知ったのは、大人になってからだった。子どもの頃は、自分の意思に関わりなく小さな暴走を繰り返す身体に、ただただ振り回されていた。周囲から白い目を向けられたり、大人たちからふざけるなと叱られたりするのが、ものすごくつらかった。

（そういえば、以前たまたま見た報道番組でトゥレット症候群が特集されていて、そこに出てくる人たちの症状や悩みに思い当たる節が多くて、驚いたことがあった。）

こだわりが強い子どもだったと思う。何かをするよりも前に、どうしてそれをするのかを考えないと気が済まなかったし、みんなが良いというものも、どうして良いとされるのかについて納得しないと、良いとは思えなかった。一事が万事こんな感じだから、周囲からは変な奴認定されていたと思う。

友だちもいるにはいたけれど、一人の方が落ち着いた。いつも漠然と、でも、ずっしりと、居場所がないという感覚がまとわりついていて、何となく自分はそう長生きすることもないだろうと思っていた。自分のことも、自分の言葉も、みんなには受け止めてもらえないし、受け止めてもらう価値もないと思っていた。

いろいろなことに自信がなかったから、大人になる道々を、とにかく自分にできそうなことを探して歩いていたら、結果的に文学者にたどり着いていた。研究テーマを自己表現——しかも差別に苦しむ人たちの自己表現——にしたのも、自分自身が抱える表現への苦手意識が影響しているのかもしれない。

＊

自己表現というと、自分の心を表現することだと考える人がいるかもしれない。それは、たぶん間違いじゃない。でも、こう考えると、心とは何なんだという新たな疑問が湧いてくる。

心とは何かについて悩みだすと切りがないから、ここではとりあえず、大切な自分の気持ちとか、自分でも説明できない本当の自分とか、それくらいの感じで捉えておこう。

それくらいの感じ、なんて書くと、もしかしたら素っ気ない印象を与えてしまうかもしれない。ただ、人には厳密に言葉では言い表せないものがあってもよいと思っているので、ここではひとまず、それくらいに留めておきたい。

ただし、心について考える時には、敬意を含んだ想像力を欠いてはならないと思っている。心には、見たり触ったりできるようなかたちがないから、それについて語ろうとすると抽象的になりがちだ。でも、心というのは常に具体的な誰かの心なのであって、それについて考えることは、顔と名前を持った個人について考えることでもある。

心を表現するとは、どういったことなのか。どうすれば、それは表現できるのか。どんな表現をすれば、心を表現したことになるのか。こうした問いについて考えることも、その人が抱える痛み、苦しみ、悲しみについて考えることに他ならない。

だから、敬意を含んだ想像力を欠いてはならない。それは心について考える最低限の作法だ。

＊

私がこんなことを考えるようになったのは、一つのアート作品がきっかけだった。

その作品とは、二〇一一年に開催された「第三回 心のアート展——生命の光芒——」(東京精神科病院協会主催)で出会った。「心のアート展」というのは、精神科医療施設に入院・通院している人や、かつてしていた経験のある人たちの作品が対象になったアート展で、縁あって私も実行委員を務めている。

ある日、展示作品を選考する事務局にクリアファイルの束が届いた。その中には、鉛筆で真っ黒に塗りつぶされた白無地のポストカードが数百枚、整然と収められていた。
正直に言うと、はじめ私にはこれが何なのか分からなかった。そもそも作品なのかさえ定かでなかった。その後、展示準備を進める過程で、作者の杉本たまえさんと話ができた。塗りつぶされたカードは日記らしかった。杉本さんは次のように書いている。

中学の時に、日記を親に強制的に読まれた嫌な記憶があるから、誰にも読まれないように真っ黒に塗り潰しました。鉛筆で書いた字は鉛筆で消すのが一番効果的でした。次の日も何となく書きたい事を書いて、そして塗り潰して消しました。そんなことを3年間ほとんど毎日書いていて、積もっていきました。ただそれだけです。これは？　作品のコンセプトは？　と聞かれても何と答えればいいでしょうか、多分それなりに答えるとしたら、白紙の明日という紙に心を刻んでいき……塗り潰したら過去になる、その繰り返し。過去は白紙にならずに塗り重ねられていく。嫌なことも全て白紙にはならない、白紙にしてはならない。と、答えておくのが無難かと思うのですが。[*1]

この作品の展示作業を進める中で、とても悩んだ。

応募された日記は、誰かに読まれないように塗り潰されていた。本当に、完璧という形容が相応しいくらい、しっかりと塗り潰されていて、文字の痕跡さえ見つけられなかった。

でも、この日記は不特定多数の人が来場するアート展に応募されてきた。実際、アート展の会期中、特に人目を引く入口付近の壁面に大きく展示された。

誰にも見られたくないものが、誰もが見られる場に応募されてきた。作者は、この作品を見られたくないのか、見てほしいのか。一見、矛盾するかのような状況をどう考えればよいのか、とても悩んだ。

でも、今から思えば、あの作品は矛盾などしていなかった。

日記の内容は誰にも伝えられない。でも、こうした日記を書かざるを得ない状況は伝えたい。自分が抱えている苦しみの具体的な中身は伝えられない。でも、自分が苦しいのだということは伝えたい。それは、伝えられないことを伝えようとする、あるいは、伝えられないということを伝えようとする、切実な表現だったのだと思う。

誰かが切実に表現したものを、切実に表現しようとする姿を、矛盾と受け取ったあの時の私の感受性は、いったい何だったんだろう。きっと、私は無意識のうちに、心は論理や理屈で説明できると考えていたんだと思う。論理や理屈では説明できないことなんて、世の中にも、私の中にも、たくさんあるはずなのに。

＊

自分が感じる痛みや苦しみは、簡単に表現できない。そもそも、それらは言葉にすることが難しいし、いつでも、誰にでも、伝えられるものじゃない。

痛みや苦しみは、立場の弱い人ほど表現しにくい傾向がある。例えば、学校でいじめの被害にあっている子が、○○さんにこんなことをされてつらいと表現するのは容易じゃない。報復の危険があるからだ。

それから、いじめや差別が被害者の自己肯定感を奪ってしまうということもある。表現したところで何も変わらないとか、こんな自分が言葉を発しても意味なんかないとか、そういった諦めや絶望が、表現しようという気持ちや勇気を削り取ってしまう。

苦しい人ほど、苦しい境遇に追い詰められた人ほど、自分の気持ちを表現しにくくなってしまう。でも、苦しい人ほど、苦しい境遇に追い詰められた人ほど、誰かに自分の苦しみを知ってほしいという思いは、きっと、あるんだと思う。

自分のことを、自分の気持ちを、伝えたいけど伝えられない。言葉にならないけど言葉にしたい。誰かに届いてほしいけど、届けば誰でもいいわけじゃない。

表現したい……できない……でも、したい……けど、できない……といった複雑な思いが渦巻いて、渦巻いた思いが積み重なって、なんとか生まれてくる表現が文学とかアートとか呼ばれるものになるんじゃないか。

もちろん、そうした葛藤に疲れて、磨り減って、頽《くずお》れて、沈黙してしまう人もいるだろう。ただ、沈黙だって表現だ。表現できない、という表現があってもいいし、実際にあるはずだ。

心なるものが、大切な自分の気持ちなのだとしたら、それは表現したいと表現できないの間を彷徨《さまよ》っていて、論理や理屈の糸で編まれた網を振りまわしても、そう簡単には捕まえられないものなのだろう。

学者として偉くなりたいという気持ちは一切ないけど、彷徨わずにはいられないものに気付ける学者にはなりたいし、寄り添える感受性は失いたくない。

＊

二〇二〇年、新型コロナウイルスの流行で社会は大混乱に陥った。何の予告もなく学校の一斉休校が決められ、不要不急の活動自粛が叫ばれ、そして厳めしい緊急事態宣言なるものが発出された。

この年の四月～五月は、本当に、街が止まったようだった。昼間なのに人気のない渋谷のスクランブル交差点は、まるでSF映画のワンシーンだった。

未知のウイルスは、ものすごく怖かった。病院の廊下にまで患者が溢れた医療崩壊の報道に背筋が凍った。自分の仕事を失うかもしれない不安も募ったし、迷走するばかりの政治には怒りが湧いた。反対を押し切ってまで粗末な布マスクが配られた時には、文字通り生命を軽んじられた思いがして、心底、悲しくなった。

こうした感情は、一年以上が経った今も生々しく続いている（この原稿を書いているのは、オリンピックの強行開催と第五波到来に直面している二〇二一年七月下旬だ）。長引くコロナ禍で、私が経験し続けている感情は、そう簡単に表現なんてできない。でも、簡単に表現できないからといって、存在しないわけじゃない。

簡単には表現できないけれど、だからといって、なかったわけじゃない。なかったことになんてできないし、なかったことにされるのは許せない。こうした思いを抱いたのは、決して私だけじゃないはずだ。

だとしたら、こうした思いは、どんな言葉で、どんな音で、どんな沈黙で、どんな旋律で、どんな光で、どんな表情で、どんな身体の動きで、表現されるのだろう。コロナ禍を生きる人々の表現を、一人の文学者として、きちんと見届け、受け止め、考えたいと思っている。

＊1　第三回 心のアート展図録『生命の光芒――再生と律動――』社団法人 東京精神

科病院協会発行、二〇一一年、四頁。この作品と展示についての詳細な説明は、荒井裕樹『生きていく絵――アートが人を〈癒す〉とき』（亜紀書房、二〇一三年。二〇二三年に筑摩書房より文庫化）を参照してください。

世界を殴る

一人の人間が、世界そのものを殴ろうとすることがある。世界を殴る、としか言いようのない行動に出る人がいる。

多くの人は、その行動の意味が分からず、理解もできず、なぜそんなことをしたのかと訝《いぶか》しむ。でも、本人の中では、そうしなければ生きていけないほど切実で必死で命がけの瞬間が訪れていることがある。

にもかかわらず、そうせざるを得ない理由や動機は、本人にもうまく説明できない。なぜなら、それは理屈を超えた衝動だから。そもそも、理由や動機が説明できるものだったら、人は最初から世界を殴ろうとはしない。

作家や学者と呼ばれる人が、ある目的のために特別に訓練された言葉を行使する者なのだとしたら、私は私の言葉を、世界を殴った人の、その固く握られた拳に宿るものを描くために使いたい。

＊

女性運動家の米津知子は、世界を殴った一人だろう。

一九七四年四月二〇日、東京国立博物館で開催された「モナ・リザ展」（文化庁、東京国立博物館、国立西洋美術館主催）で、当時二五歳だった米津知子は、レオナルド・ダ・ヴィンチの名画『モナ・リザ』に赤いスプレー塗料を噴射した。一般に「『モナ・リザ』スプレー事件」と呼ばれている。

この件に対しては、発生直後から非難や誹謗中傷の声が上がった。米津が女性解放運動（ウーマン・リブ）の活動家だったことや、標的となったのが『モナ・リザ』だったことから、メディアは美しさへの嫉妬による犯行などと騒ぎ立てた。手塚治虫、花森安治、土方定一ら、当時識者と呼ばれた人たちも、これを稚拙な蛮行と鼻であしらった。その背後にあるものには一瞥もくれずに。

実は「モナ・リザ展」は、過度な混雑が予想されたことから、主催者によって入場制限が設けられていた。介助を必要とする障害者や高齢者、付き添いのいない小学生未満の子ども、乳幼児連れの人（実質的には幼児のいる母親）の来場が、あらかじめ「お断り」されていたのだ。

米津知子は、女性解放運動の仲間たちや、障害者差別と闘う人たちと共に、この締め出しに怒りをたぎらせていた。その怒りは、確かに義憤ではあった。が、それだけというわけでもなかった。

米津知子は自身も障害者だった。ポリオの後遺症による下肢麻痺があった。幼少期に成長を止めた右足は、左足よりも七㎝短く、細く、か弱かった。この障害が原因で、彼女は家庭でも、学校でも、地域でも、様々な疎外体験を味わってきた。障害のある足には、いつも冷たい目線が向けられた。周囲の人もどこか自分との関わりを避けた。障害について語り合えないよそよそしい空気は、家族の中にさえ漂っていた。

米津知子の怒りの根底には、孤独から生まれた私怨が息づいていた。が、その私怨も単なる恨みつらみというわけではなかった。より深く、より広く、この社会の闇に根を張り、複雑な色相を含んで揺らめく怨だった。

社会に根強い男尊女卑の風潮。高度経済成長と一億総中流化の中で花開いた大衆文化。一九六八～七〇年に興隆した学生たちの叛乱《はんらん》。若者たちの中で燃え上がったベトナム反戦運動や反公害運動。当時、米津知子の周囲で起きていたさまざまな出来事の中に、女性や障害者を蔑む感覚はいつもどこかに潜んでいて、息する度に彼女の身体に蓄積していった。その苦しさが飽和した時、彼女はスプレーを噴射したのだった。

＊

更に言えば、「スプレー事件」の前後には、当時の政府によって優生保護法の改悪が目論まれていた。女性の生殖の自己決定権を否定し、子どもを産むこと・産まないことを国家がより強く管理しようとする規定と、出生前検査によって障害児が生まれないようにするための規定とが、新たに法律に盛り込まれようとしていた。

優生保護法は、女性と障害者の間に残酷な問いをもたらした。もしも胎児に障害があった場合、その子を堕ろすのは女性の自己決定権の範疇なのか、という問いだった。両者とも、この法律の被害者という点では同じ地平に立っていた。にもかかわらず、それぞれの間には、容易には埋めがたい深い亀裂が走っていた。

女性と障害者は、利害の相容れない敵なのか。性と生殖の国家管理と闘う同志なのか。優生保護法の改悪に反対する両者は、複雑でやっかいな対立構造に巻き込まれてしまった。

米津知子も、この優生保護法の改悪阻止に全身全霊で取り組んでいた。彼女は女性でもあり障害者でもあった。女性として、生殖を管理しようとする国家からの抑圧を感じる一方、障害者として、生まれてくることを国家から否定される恐怖も感じ取っていた。

が、この二つの感情は、彼女の中では上手く統合されずにいた。女性解放運動の現場に立てば障害者としての自分が意識され、障害者解放運動の現場に行けば女性としての自分が意識された。

女性と障害者のどちらでもありながら、そのどちらかに完全に成り切ることもできず、かといって、どちらの痛みにも我が身を蝕まれる。そんな立場にいたのが米津知子だった。にもかかわらず、あるいは、だからこそ、彼女は事件の直前、重度障害者への理解も共感も欠く行動を起こしてしまい、猛烈な自己嫌悪に陥ってしまった。

彼女が名画へのスプレー噴射という行動にでた一因には、障害者差別の痛みも、女性差別の痛みも、そのどちらも経験しているにもかかわらず、自分以外の人間が直面している差別には鈍感だった自分を罰したいといった思いも含まれていたのだろう。

あまりにも複雑に絡まり合った差別の中で、窒息の限界まで追い込まれた人は、時に世界を殴りつけて空気孔を開けようとする。「『モナ・リザ』スプレー事件」にも、おそらく、そうした要素があったはずだ。

*

『モナ・リザ』にスプレーを噴射した米津知子は、「軽犯罪法違反(一条三一号悪戯による業務妨害)」で起訴され、最終的に東京高裁で「科料三〇〇〇円」の判決が確定した。一部には有名な逸話だが、彼女はこの三〇〇〇円をすべて一円玉で支払った。

この事件は、こうした突飛なエピソードばかりが注目され、いわば都市伝説的な興味関心で語られてしまうこともあった。だが、裁判の資料を読み解き、被告としての米津知子の言葉を拾い上げていくと、そこには差別と抵抗をめぐる根源的な問いが含まれていることに気付かされる。

文化庁(つまり政府)が主催する絵画展で障害者が排除された。そのことに障害者本人が怒り、やむにやまれず起こした抗議行動は「悪戯」なのだろうか。国家が障害者を差別し、それに対して障害者が抗議行動を起こした際、司法はそれを「犯罪」として裁けるのだろうか。裁けるとしたら、国とは、司法とは、一体何なのだろうか。

被告となった米津知子は、法廷で次のように主張している。障害者が排除されているのは「モナ・リザ展」だけではない。この国は、この社会は、あらゆる場面で障害者を排除している。実際、当時の政府は、障害者が生まれてこないことを目指して優生保護法まで改悪しようとしていた。それに抗議する自分の行動は「悪戯」という「犯罪」なのか。

結果的に、彼女の行動は「軽犯罪法違反」の「悪戯」と認定され、有罪となった。彼女が科料をすべて一円玉で支払ったのは、自身の抗議行動を「悪戯」と断罪されたことへの抗議としての悪戯だったのだろう。

当時も今も、「従順でない女たち」は往々にして嘲られ、ネタとして消費され、その言動の根底に流れる葛藤や情念が真剣に顧みられることは少ない。差別や理不尽に異議申し立てする女性たちは、「感情的」「ヒステリック」といった定番のステレオタイプに押し込められる。

約半世紀の時間を経て、あらためて思う。「『モナ・リザ』スプレー事件」とは単なる「悪戯」だったのか。裁かれる「犯罪」だったのか。裁かれるべきは、本当に米津知子だったのか。事件を突飛なエピソードとしてのみ消費し、真っ正面から受け止めなかったこの国は、この社会とは、一体何なのか。

＊

二〇二二年、私は米津知子がスプレーを噴射するに至るまでの半生を記した評伝『凜として灯る』（現代書館）を刊行した。本人へのインタビューを重ね、関連資料をあさり、執筆のために研究休暇を取得して、数年に及ぶ準備の末、ようやく書き上げることができた。

執筆に時間がかかったのは下調べのためもあるが、そもそも、この本をどのような言葉で綴れば良いのか、幾度か試行錯誤を重ねる必要があったためでもある。私はこの本を学術論文として書くことができなかった。あれこれと模索した末、結果的にドキュメンタリーノベルのような文体（体裁）で書くことになった。

理由は大きく二つある。

一つは、「『モナ・リザ』スプレー事件」と呼ばれる本件について、その動機や因果関係といったものを、簡潔にも、明確にも、語りたくなかったし、語れなかったからだ。

学術論文は、基本的には、ある事象の原因、理由、因果関係について、端的に分析することを目的とする。しかし、人には人生の総体を語ることでしか示せない（それでもなお示し得ない）情念というものがある。だとしたら、私は米津知子が経験した複雑な人生を、その複雑な姿のまま綴りたかった。

この執筆理念を忘れぬために、『凜として灯る』の地の文では——引用文献の内容を説明する文脈以外は——「だから」「したがって」「なぜなら」といった理由を示す接続詞を使用していない。意識的に用いたのは、ただ一度、エピローグの最終部においてのみである。

もう一つは、当時の言葉の感覚を本の中に刻みたかったからだ。

米津知子だけでなく、当時ウーマン・リブに身を投じた女性たちは、よく「女（おんな）」という表現を使った。「女性」ではなく「女（おんな）」だ。

一見ぶっきらぼうに響くこの呼称に、当時の女性運動家たちは、実に様々な思いを託した。その言葉の感覚を、なんとか文章で再現したかったのだが、男性の研究者である私が学術論文の中で「女（おんな）は～」と書くことはできない。悩んだ末、ノベル(小説)の体裁をとれば、なんとかこの語感を地の文に落とし込めそうな気がした。

世界を殴った人の、その拳に宿ったものは、言葉にはならない。簡潔にも、的確にも、論理的にも、説明できない。言葉にならないものの輪郭を、どうすれば言葉で縁取ることができるのか。それが『凜として灯る』の最大の課題だった。


この本を書き上げた後、長年の仕事をやり遂げた高揚感もあって、私は知り合いに会う度に、米津知子の評伝を書き上げたのだと話した。それほど自分の中では大事な仕事だった。が、一緒に仕事をすることも多かった出版関係者からの一言が、私の胸に冷たく刺さった。

「あぁ、自分、フェミニズムとか好きじゃないんで」

先方は、話はこれで終わりと言わんばかりに、笑顔で次の話題を切り出してきた。

米津知子は、彼女の仲間たちは、こうした無関心の中を生きてきたのか。そう痛感した瞬間だった。この違和感、哀しみ、苛立ち、疎外感、無力感が呼吸の度に降り積もっていって、肺の隅々まで圧迫されたら、私も、世界を殴るために拳を固めるかもしれない。

何かするとは、何かすること

人から指摘されて、あまりにも図星過ぎて、ありがたいとさえ感じてしまった言葉がある。

「荒井さんにとって、何かするっていうのは、何かすることなのね」

公開の場でのことなので、発言者を紹介してもいいだろう。私にこの一言をくれたのは、尊敬する障害者運動家の安積遊歩さんだった。

安積さんは骨形成不全症という難病の当事者で、一九七〇年代後半から日本の障害者運動を牽引してきた功労者でもある。一九八三年にアメリカのバークレー自立生活センターで研修を受け、ピアカウンセリングを日本に持ち帰ったことでも広く知られている。

二〇二三年一月二二日、紀伊國屋書店新宿本店で、安積さんの御著書『このからだが平和をつくる』（大月書店）の刊行記念トークイベントが開かれ、畏れ多いことに私が対談相手に指名された。右に紹介したフレーズは、この席上でのものだった。

＊

安積さんの言葉は、部分的に切り出したのでは意味が分からないかもしれない。実はこれには前段がある。

前段となったのは、二〇一七年五月一二日、本屋B＆B（東京都世田谷区）で開催された、私と川口有美子さんのトークイベントでの発言だった。

川口さんは、お母様が筋萎縮性側索硬化症（ALS）を発症されたことをきっかけに、この病気と関わるようになった。介護者の育成・派遣を行う事業を手がけ、難病当事者が街中で生きていくための活動を続けている。

川口さんの活動は実に多岐にわたっているので、一言では紹介しにくい。それでも強いて言えば、人と人とが関わりながら生きていくことを支える生存運動そのものかもしれない。安積さん同様、心から尊敬するお一人だ。

この川口さんとのトーク中、ケアの大変さを言い表す表現が少ないという話題になり、私は自分の育児中の経験を話した。当日の雰囲気や空気感を知ってもらうために、該当部分の発言を紹介しよう。

荒井　介助する人の大変さを言い表す言葉が少ないんですよね。ちょっと話がそれますけど、ぼく、育児してみてケアの大変さを痛感しましたよ。子どもができるまでは、自分はわりといろんなことをできる人間だと思っていたんです。でも、そんな幻想がことごとく打ち破られるわけですよね、ちゃんとしゃべれない小さな生き物に。

川口　ははは(笑)。

荒井　本当に大変で……。

川口　どういうのが大変？　具体的に。

荒井　だって、ずーっとはりついていなきゃいけない。つかまり立ちする頃なんて、ほんと一瞬も目が離せない。ずっと緊張しっぱなしだし。

川口　あ、そういうこと。

荒井　なにもできないわけですよ。コーヒー一杯入れられない。ぼく、いろんなことを効率的に合理的にやるとか、仕事を早く多くこなすとか、そういうのが価値あることなんだと無意識に信じていたんですよね、たぶん。でも、目の前には効率とか合理性とは正反対の生き物がいる。ああ、自分は完全に「男性」というジェンダーを生きてきたんだなって思いましたよ。しかもジェンダーというのをほとんど意識しないで生きてきたんで、その点ではマジョリティのど真ん中を生きてきたんだなって。

川口　ふふふふ（笑）。

荒井　なにがしんどいかというと、「なにもしない時間」がきつい。

川口　ああ、荒井さん、それ若いのね。おじいちゃんになるとまた違う。私もそろそろおばあちゃんなんですけど、まあ、うちの子どもたちはまだ子ども産んでないんですけど、ヘルパーさんたちがぽこぽこ産んで、よそのうちの孫がいっぱいできているんです。もう、なんにも考えずに、得体のしれないことをする生き物とずーっと、ただいっしょにいるのが、見守りが楽しい[*1]！

この時の自身の発言について、後日、私は猛烈に反省した。具体的には、傍線を引いた「『なにもしない時間』がきつい」という箇所だ。あまりにも反省しすぎて、このトークを収録した対談集を制作する際、思わず反省の弁を脚注に入れてしまった。それも併せて紹介しよう。

トークイベント当日、ぼくは確かに「なにもしない時間」と発言しました。でも、育児は決して「なにもしない」わけではなく、やらなければならないことが膨大にあります。身体を動かして子どもに関わること（食事・入浴・排泄のケアなど）もあれば、見守ること（つかまり立ち、異物の誤飲、道への飛び出しなど）もあり、精神的なこと（体調や機嫌を気にかけるなど）もあります。ぼく自身、育児には積極的に関わってきたつもりで、ケアの大変さを実感していたはずですが、意図せず「なにもしない時間」と表現してしまったことがとても気になっていました。こうした事柄を無意識に「なにもしない」と表現したということは、自分の仕事や研究に従事するのは「なにか意味のある時間」であり、育児やケアに従事するのは「なにも意味のない時間」と対比的に考えるような価値観が、ぼくのなかに存在していたということだと思います。もちろん、育児の最中にある親たちは育児を最優先にすべきだということではなく、自分の仕事やしたいことも大事にすべきだと思いますが、こうしたケアに関わる事柄を「なにもしない」という言葉で表現したことについて反省しています。[*2]

私は、安積さんとのトークイベントの中で、この反省の弁に至った経緯を正直に話した。すると、安積さんから冒頭の言葉が返ってきたのだった。

＊

安積さんに言われて気が付いたのだけれど、私の反省は、ずいぶんとピントがずれていたようだ。

私が反省の弁で綴っているのは、育児を作業として捉え、その中に含まれる要素を分解して解説するような言葉だと思う。これは、自分が取り組むべきことについて、その意味の解像度を上げようとはしていても、目の前にいる幼い子どもの中で何が起きているのかを細やかに捉えようとする言葉ではない。

つまり、私は幼い子どもと一緒にいるという営みについて、それが私にもたらすであろう意味や意義については必死に考える一方、目の前の子どもが、今この瞬間、どんな感情を働かせ、どんな経験を積み重ねているかについては、ほとんど目を向けていなかったことになる。こうした目の向け方や、頭の使い方に対して、安積さんは冒頭の言葉をくれたのだと思う。

*

もし、ここに起き上がることもできず、声を出して会話することもできない重度障害のある人がいたとして。

その人が介助者たちから見守られながら生活しているとして。ベッドやストレッチャーに横たわっているその人は、果たして何もしてないのだろうか。

安積さんや川口さんなら、迷わずNOと答えるだろう。

なぜなら、その人は生きるために呼吸を続けているし、鼓動を脈打たせているし、必死に周囲の状況を感じ取っているかもしれないし、一生懸命何かについて考えているかもしれないし、そもそも生きているわけで、少し考えれば何もしていないということにはならない。

私が『なにもしない時間』がきつい」と悩んでいた、あの育児の日々。息子は息子なりに、たくさんの「する」に挑んでいたのだろう。そして、そんな息子を見守っていた私も、しっかり何かを「する」に取り組んでいたはずなのに、まったくと言っていいほど、それが見えていなかった。

何かするとは、何かすること。

私の中にあるこの感覚は、エイブリズム（能力主義・非障害者中心主義）とマチズモ（男性優位主義）が癒着して焦げ付いたような感覚なのだろう。

私自身、一人の男性として、現代社会のエイブリズムとマチズモの業火に焼かれながら生きてきた自覚がある。

考えてみたら、今の今に至るまで、自分にとって生きることの大部分は勉強することであり、その中身も分解してみると、他人より秀でた存在になりたい気持ちが大半を占めていたように思う。

自分の中に幾層にも重なった焦げ付きは、ちょっとやそっとがんばったくらいでは剝がせない。しかも、私の中にある「がんばる」のレパートリーは「勉強する」の一択で、結局、焦げ付きを落とそうとして「がんばる」ことは「勉強する」ことに着地してしまうし、その「勉強する」も気を抜くと、他人より焦げ付きの少ない秀でた存在になるためという目的へと突っ走りそうになる。そんな厄介で面倒なレースを走り続けている気がする。

だから、安積さんの一言は、とてもありがたいのだ。どうして自分はそんなレースを走っているのか。どこに向かって走っているのか。自分の意思で走っているのか。何かに走らされているのか。そんなことを考えるきっかけをくれたように思う。

＊1　このトークの記録は、私の対談集『どうして、もっと怒らないの？——生きづらい「いま」を生き延びる術は障害者運動が教えてくれる』（現代書館、二〇一九年）に収録されています。

＊2　同前書、一一四頁。

自分がやるしかない証明作業

文章がきれいにまとまると、落ち込むことがある。この感覚はなかなか上手く表現できない。強いて言うなら、世界に対して不誠実なことをしてしまったかもしれない、という罪悪感に近い。

*

以前、全国紙で連載を手がけたことがある。原稿用紙に直して一枚半ほどの小さなコラム欄を、二週に一回、一年間担当した。

そのうちの一回で、息子の小さな勘違いについて書いた。

ある宇宙飛行士が五度目のミッションに挑むというニュースを見た息子が、この人すごいお金持ちだね、とつぶやいた。不思議に思い訳を訊くと、五回も宇宙に行けるから、と返ってきた。この少し前、世界初の民間宇宙旅行が話題になり、有名な実業家が支払った驚くような額の旅行代が世間を騒がせたから、そのことが印象に残っていたのだろう。厳しい訓練を積んだエリートというイメージの宇宙飛行士も、いずれお金持ちの代名詞になるのかもしれない――という話だった。[*1]

ありきたりな表現だけれど、コラムを書くのは大変だった。字数、行数に厳しい制限がある中で、言葉そのものを楽しんでもらえる文章になるよう心を砕いた。とはいえ楽しいだけでは物足りず、普段とは異なる視点から世相を見るヒントも読者に提供したかった。

毎回仕上げる原稿は短くても、コラム自体には長い歴史がある。多くの文筆家によって担われてきたれっきとした文章様式だ。コラムを書くということは、自分がそれを意識するか否かにかかわらず、結果的にコラムという一つの文化的な表現様式を受け継ぐことになるのだろう。

私の性格からすると、何かジャンルがはっきりしているものよりも、既成の枠組みに当てはまらないものの方が肌に合う。論文の寄稿依頼を受けるとエッセイのようなものを書きたくなったり、逆にエッセイの依頼があると論文めいたものを書きたくなったりする（実際にそうするかどうかは、その時々の雰囲気で判断している）。

ただ、この時ばかりはコラムというジャンルを意識しないわけにはいかなかった。歴史的に受け継がれてきた様式にそって文章を書くということは、どこかで文章を書こうとしている誰かへと見えないバトンを渡していくことでもあるはずで、それ自体とても大事な意味がある。

息子の勘違いに触れたコラムは、読むのに一分もかからない短いものではあるけれど、文章の完成度を上げるための推敲に丸々二日かかったと記憶している（執筆に、ではなく推敲に）。それなりにまとまった形で着地することができ、自分としては手応えを得られたものだった。

ただ、その一方で、書き手としてはしくしくと胸が疼いた。どうやら、文章そのものに対して誠実になることと、文章で描き出そうとした世界に対して誠実になることは、必ずしも同じではないようだ。

掲載されたコラムを読んだ知人から、「息子さん可愛らしいですね」と声をかけてもらって、複雑な気持ちになってしまった。というのも、この時の息子は可愛らしいというより、むしろ、こちらが感心してしまうほどふてぶてしかったのだ。それはそれは神々しいまでに。

*

この会話が生まれた時、私はキッチンでいつも通り夕食の準備をしていて、息子は息子でダイニングテーブルに肘をつき、片膝を立てて椅子に座りながら、サラダの上のミニトマトとチーズをつまんでいた。

その時、テレビには夕方のニュースが映っていて、話題のトピックが連続して報じられるコーナーになって宇宙飛行士の話が出てきた。それを見た息子のつぶやきは、原稿の中では「この人すごいお金持ちだね」と記したけれど、私の耳に感触として残っているのは、軽く苛つく小生意気な小学五年生の声音だった。

あの時、あの場には、ふてぶてしい息子と、それに苛つく私が存在していて、でも、私が感じた苛つきはちょっとだけ屈折していて、親にこの種の苛つきを提供できるほど息子が成長してくれたことへの感動と感謝も混じっていた。

振り返れば――それほど長い期間ではないけれど――育児をすることが苛つきに耐えることとほとんど同義だった時期が、私には確実にあった。

息子がもっとずっと幼かった頃、つかまり立ちをしはじめた頃などは特に、文字通り一瞬たりとも目が離せない日が続いて、トイレに行くのも、食事をするのも、コーヒーを淹《い》れるのも、仕事のメールを一本返信するのも、本当にできないという状態を、互いに仕事をもつ妻と交互に担いながら、綱渡りみたいにして過ごした。

ＴＶコマーシャルや電車の中吊り広告に出てくるような、きらきらとした幸せな子育てといった要素は、ぜんぜんないわけではないけれど、川底からすくった砂利の中の砂金くらいの割合であって、ほとんどの時間は、か弱い者の命を預かっている緊張感や、自分が社会人として積み上げてきた仕事を中断するストレスや、言葉を持たない幼子のニーズを読み取る難しさなどに苛つきながら、とにかくじっと耐えていたように思う。子どもが風邪をひいて数日間自宅に閉じこもった時の、狭いマンションにこもる澱んだ空気の重苦しさは、もう思い出したくもない。

そんな幼子だった息子が、宇宙飛行士のニュースが報じられたあの時、これまでとは違った種類の苛つきを親に提供できるまでに成長した。一人の人間が大きくなったという確かな事実が、何の変哲もない日常の一コマに自然と溶け込んでいて、そうした世界を私なりに表現すれば何になるだろうとこの原稿を書きながら三日三晩悩んだ結果、一番しっくりくるのが豊穣だった。

＊

あるジャンルの文章を成立させるためには、厳しく課された制約を守りつつ、言葉を整えなければならない。魅力ある文章を成立させることは文筆家の職業的な責務であって、だからこそ私も原稿がまとまると確かな手応えを感じるのだけれど、また一方で、原稿がまとまったからと言ってなんなんだと、どこか冷めた気持ちになる自分も確かにいる。

私がパソコンのソフトで苦心惨憺まとめた文章よりも、私が描き出そうとしたもともとの世界は、もっとずっと豊かで美しかったはずなのに、文章を成り立たせるためには、その豊かさの大部分を削り落とさなければならず、だとしたらそもそも私は何のために文章を書いているのかと、よく分からない気持ちになってしまう。

この感覚は、喩えるなら、大好きな人の似顔絵を描こうとして、相手を喜ばせたくてあれこれ必死に工夫したら、なんだか本人じゃないみたいになって悲しませてしまった感じ、といったらよいだろうか。

でも、だからといって、特定のジャンルの文章を書くことに意味がないとは決して思わないし、世界を言葉で表すことを諦めるといった選択肢も、今の私にはとりあえずない。そこには確かに、かけがえのない豊穣さが存在したのだという事実は、私以外の誰かが代わりに証明してくれることなどあり得ないのだから。

原稿を書くということは、ある意味で、自分がやるしかない証明作業を続けることなのかもしれない。そして、その証明を誰かに受け取ってもらうためには、文章を整えることが必要になることがある。私が経験した豊穣な世界そのものを言葉で伝えることはできないけれど、それでも、私にとってその瞬間、世界は確かにきらめいたのだということは、きっと伝えられるのだと思う。

＊1　「（荒井裕樹の生きていく言葉）宇宙飛行士といえば」『朝日新聞』二〇二二年一一月三〇日、二八面。

言葉にこまる日のこと

卒業式は、一年で一番、言葉にこまる日かもしれない。

教員をしていると、この日はどうしたって、それらしい言葉を求められる。着飾って盛り上がる学生たちを前にして、「では先生から挨拶を」と促されたり、私の授業に親しんでくれた学生から本にサインを求められて、「何か一言ください」とリクエストされたりする。

「おめでとう。よく頑張りましたね」と、短く無難に終えることもできる。でも、ここで求められているのはハレの日にふさわしい特別な言葉だということくらい、いかに鈍感な私でも分かる。

だから、今後の人生の羅針盤になるような言葉を贈ろうと身体に力が入るけれど、力んだ瞬間、それは不遜な行為だと気持ちの方がブレーキをかけてくる。

＊

私には「学生は自分で育ち、教員はそれを手伝う」という理念めいたものがある。学生の人生に比べれば、学校は所詮せまい箱でしかない。でも、この箱の中で、学生たちはそれぞれ大切なものを見つけていく。あくまで、ここで成長を遂げる主役は一人一人の学生なのだから、その門出の日に人生の羅針盤となる言葉を授けようなどと、私がしゃしゃり出るのは違う気がする。

加えて言えば、現代の学生たちは、私の学生時代に比べて（学生時代の私に比べて）、ずっと立派だと思う。

今や大学生活は、過去に例がないほど苛酷になっている。出席や成績の管理は年々厳しくなっているし、かつてほど進級や卒業も容易ではなくなっている。就職活動も早い時期からはじまり、学業との両立に支障をきたすことも増えた。在学中に取得を求められる資格も増えたし、外国語やＩＣＴスキルなど身に付けるべき技能も増えた。社会全体が貧しくなっているのに、学費も生活費も高くなり続けるから、経済面で苦労する学生も多い。

こうした困難を乗り越えて卒業に漕ぎ着けた一人一人は、すでに自分の羅針盤を持っているはず。きっと私の言葉など必要ないだろう。むしろ、思う存分、自由気ままに学生時代を過ごした私は、学生たちの奮闘ぶりに引け目さえ覚える。

*

とはいえ、何と言っても卒業はめでたいことではあるのだから、教員として心からお祝いの言葉を贈りたい。正直に言えば、恨み言の一つも吐きたい学生が毎年いるにはいるけれど、それでも、この日の、この瞬間だけは、ここにたどり着いた一人一人を無条件に祝福したい。

ただ、そう思う度に、上手く言葉が出てこない自分に戸惑う。

どうやら、私の中には歓《よろこ》び寿《ことほ》ぐ言葉が少ないらしい。腹の底から誰かを褒め称え、祝福し、喜びの波長を合わせて増幅させるような言葉があまりない。

嬉しそうにする学生たちを見るのはとても幸せではあるけれど、そうした学生を前にしても、すんなりとふさわしい言葉が出てこない。どんな顔で、どんな声音で、何と言うのが最適解なのかがよく分からない。

こうした言葉が足りない理由には、思い当たる節がある。

私自身、幼少期から記憶にあるかぎり、褒められたり祝われたりすることが、ほとんどなかったように思う。もちろん、まったくなかったわけではないのだろうけど、少なくとも温かな記憶としては備わっていない。褒められるに値することや、祝われるに値することを満たせない子どもだったのかもしれない。

振り返れば、私の子ども時代、周囲の大人たちの多くは、子どもの現状を否定することが教育だと思っている節があった。現状を否定する言葉を投げつけることが、助言や忠告であると考えている節もあった。

こうした言葉を呼吸するように育ってきたから、私の中には、他人の足りないところを責めたり、至らない部分を指摘したり、自省や反省を促したりする言葉はたくさんある。こうした言葉なら、脊髄反射のようにいくらでも出てくる。

＊

卒業式の一日は、自分の中の言葉の偏りが苦しくなる。贈るべき言葉の持ち合わせは少ないくせに、忌むべき言葉だけは豊富な自分が、このハレの舞台に立ち会うのが申し訳なくなる。

私が本という言葉の塊に思い入れを持ち続けるのは、このあたりに根っこがあるのかもしれない。どうやら人は、自分に注がれてこなかった言葉を他人に注ぐことはできないらしい。与えてもらえなかった言葉を後から手に入れるために、人は本を読むのだろう。少なくとも、私がどうしても本屋に足を運んでしまうのは、こうした要素が大きいと思う。

もしも言葉にこまる日が来たら、自分の中の言葉の偏りが苦しくなる時が来たら、この世界には本という逃げ場があることを思い出してほしい。こんな小さな羅針盤であれば、学生たちに贈るのもやぶさかでない。

（ちなみに、卒業式という日には、写真家で作家の齋藤陽道さんの本を学生たちにすすめている。私に欠けた言葉をたくさん持ち合わせた、素晴らしい文章家だと思う。)

＊

とはいえ、一〇年以上も学校に勤めていると、実は学生たちは先生に対して、そんなにたくさんのことを求めているわけでもないことに嫌でも気が付く。少なからぬ学生は、先生は卒業式っぽい雰囲気を出すためにその辺にいてほしいくらいに考えているのだろう。

だとしたら、それは個人的にとても助かる上に、これ以上なく、正しくて立派なことだと思う。だから私も、この日だけはしっかりネクタイを締めて、雰囲気作りを手伝いに行く。

子どもと生きる

近所の公園に遊びに行った息子が泣いて帰ってきた。友だちとボールで遊んでいたら、見知らぬ大人に「警察に通報する」と言われたらしい。突然のことに動揺したか、息子はしばらく泣きやまなかった。ちなみに、その公園、ボール遊びは禁止されていない。

世間には、子どもが苦手という人もいるだろう。騒がしくて疲れるという人もいるだろう。だとしても、公園で遊ぶ子ども相手に、いきなり通報とは穏やかでない。何か不都合があるなら話して聞かせればよいものを。その人物、よほど虫の居所が悪かったか。あるいは子どもに慣れてなかったか。いずれにせよ、気の毒な子どもたちよ。公園で遊んだだけで警察をちらつかされるとは……。

少子化の危機が叫ばれて久しい。だが、不思議なことに、みんなで子どもを大事にしようとはならない。むしろ、子どもが少なくなりすぎて、大人たちから「子どもと生きる」という身体感覚が失われてしまった気がする。社会の中からも「子ども慣れ」が消えていき、子どもが厄介な存在となり、邪魔にならないように管理しようとなってきた気さえする。

今の日本で、子どもが生きるのは（子どもと生きるのは）、決して容易ではない。しかし、なぜかその切迫感が分かち合えない。分かち合えている気がしない。子どもの貧困、重い教育費、両立困難な育児と仕事、過密化する学校スケジュール……こうした社会問題への悲鳴さえ、もしや「迷惑な騒音」になりつつあるのではないか。

というわけで、もしも自分が書店を作れるとしたら、大人が子どもを学びつつ、子どもの居場所にもなる本屋がいい。

大人はもっと子どものことを学ぶべきだ。子どもは何を考えているのか。子どもの目には大人社会がどんな具合に見えているのか。子どもをめぐる環境は今どうなっているのか。もっともっと知る必要がある。

一方で、本屋という空間は子どもの居場所として申し分ない。お金がなくても入れるし、お金がないことを知らせる必要もない。本屋に行くことをとがめる大人もあまりいないし、人目を忍ぶ必要もない。本によっては立ち読みできる。第一、本屋は基本的に安全だ。身の危険がない。

私が書店の店主になったら、大人が子どもを学ぶ本と、子どもが子どもと楽しめる本と、子どもが子どもとして向き合える本と、子どもが背伸びして大人ぶれる本を、ごちゃごちゃに混ぜて陳列したい。子どもがわちゃわちゃしている店内を、大人がそうっとよけながら本を探す光景が見たい。

もしも、子どもに「うるさい」と注意する大人がいたら、「うち、そういう本屋なんで」と、ふてぶてしく言ってみたい。それでもごねる大人がいたら、はっきり「子ども優先でお願いします」と伝えよう。更に揉める大人がいたら、仕方がないからこう告げよう。

「警察に通報します」

「仕方がない」が積もった場所で

最近、独立系と呼ばれる書店が増えている。あちこちの駅ビルの一フロアを占めているようなナショナルチェーンではなく、地元の人たちと対話しながら本を売るような、多くは個人経営の小さな本屋のことだ。

いくつか気になる店舗にお邪魔したけれど、どこも居心地が良かった。レジ横の椅子の上だけでなく、書架の本の並びにも、この店を切り盛りする主の顔が見えた。敷地がほどよく狭いから、仕入れる本も自分の目と手で選ぶことができるのだろう(大手書店では、広い棚面積を埋めるために、取り次ぎ業者からの配本をとにかく並べなければならないという事情もある)。

良書を届けたいという思いからだろうか。中には新刊だけでなく古本も販売している店もある。先日訪ねた某私鉄沿線の書店は、文芸書のセレクトが特に良かった。良かったとは言っても、それはあくまで私の趣味と重なる部分が多いという意味なのだけれど、とにかく、そのお店は良かった。この作家の本を置いているのなら、ここの文芸書の棚は信頼できる。そう思える作家の本も幾冊か見かけた（個人的には、山本昌代や吉田知子の名前があると安心する）。

こうしたお店の人とは、できるだけ言葉を交わすようにしている。一言でも、二言でも。実は私の本も、こうした独立系の書店に支えられているところが大きいからだ。中には一年間で同一タイトルを一〇〇冊以上売ってくれたお店もある。日頃の力添えの感謝を述べ、次回作のお約束をする。私の本を実際に売ってくれている人。お店でお客さんから代金を受け取り、頭を下げてくれる人。そうした人の顔と名前を覚えておくと、情けない本は書けないな、という気持ちになる。体力的にしんどい執筆期間を乗り切れる気がする。

こうした書店は、本屋を居場所としても大事にしていることが多い。店内に腰掛けられるスペースがあったり、カフェが併設されていたりして、ゆったりとした時間を過ごせるようになっている。しかも、それは単なるサービスで設置されているわけでもない。むしろ、何か重荷を抱えた人のためのセーファースペースであろうとしている節がある。

自宅や学校が苦しい子ども。少しで良いから家庭や職場から離れて一息つきたい人。悩みを抱えているけどそれを上手く言葉にできない人。漠然としたしんどさを抱えている人。私が知る店主たちは、そうした人たちが安心できる空間を作ろうとしている。当然、本への感度も鋭い。大手書店で見かけて嫌な思いをするような本——差別や偏見や暴力を煽《あお》るようなもの——と出会うこともない。

店主たちは、本が人を傷つけることをよく知っているからこそ、自分が売りたい本を売るために、売りたくない本を売らないでいるために、一念発起して、こうしたお店を構えたのだろう。その努力を心から尊敬している。

小さな書店を訪ねた帰路は、良い本と、良い本の媒介人と出逢えた嬉しさに包まれる。でも、また一方で、もやもやとした感覚が残ることもある。というのも、私の経験上、こうしたお店の多くは古い雑居ビルや民家を改装していたりして、バリアフリーとはほど遠い構造をしているのだ。暗くて急な階段があったり、入口がせまい踊り場にあったり、しかもそれが小さな取っ手のドアだったり、店内に段差があったり、通路がとても狭かったりする。正直、これでは車椅子の人だけでなく、ベビーカーを押す人も、立って歩けるけど不自由があるという人も、視力や視野に不安がある人も厳しい。そう思わざるを得ない店がある。

私と交流のある範囲では、という留保が付くけれども、個人経営の書店には社会問題に強い関心をもつ店主が多い。貧困、人権、差別に関わる問題に敏感な人が多い。だからこそ、私の本も置いてくれているのだと思う。そうした人たちであっても、それでも、どうしても、バリアフリーは後回しになってしまうらしい(もちろん、すべての個人書店がバリアフルだというわけではなく、とても行き届いているお店もある)。

私は個人で書店を構えたことがないから、自分の店舗を構えることの大変さが分からない。でも、それがとても大変なことだというのは分かる。どこに、どんな店を開くのか。予算やマンパワーが限られた中で、いくつもの選択肢を検討し、「譲れない」と「仕方がない」を何度も突き合わせながら、ようやく開店に漕ぎ着けるのだろう。

集客の面で有利な場所は、その分、賃料が高くなるから、どうしても古い雑居ビルや民家のような物件が選択肢の上位に来る。長いあいだ障害者や子どもや高齢者のことを顧みずに来たこの国のインフラにはまだまだバリアフルなものがたくさんあって、お金やマンパワーに乏しい人ほどそうした箱を使わざるを得ないことが多い。それを個人の力でなんとかしようとするのは、たぶん、不可能に近い。頭ではバリアフリーが必要なことを分かっていても、それが特定の誰かのためだけでなく、結果的にみんなにとって便利になることが分かっていても、それでも「仕方がない」と諦めざるを得ないことがある。

それに、書店が果たすべき役割はいろいろあって、バリアフリーだけが問題というわけでもない。これだけが評価基準になってしまったら、この世の中の良い本屋は、自前の店舗を一から建てられたり、駅ビルのフロアを押さえられたりする大手資本のものばかりになってしまう。行政や事業者に対してバリアフリー化を促す法律もあるけれど、課題や不足がたくさんあって、まだまだ進まない部分もある。そうした中で、個人の意識や善意だけを問題にするのは、とても危うい。

だから、私も殊更に書店を責めたいわけではない。責めたいわけではないのだけれど、それでも、現状バリアフリーという問題が最初に「仕方がない」と手放されがちな選択肢であるというどうしようもない事実が、私の心にはひどく重い。

誰か特定の人に関わる問題を「仕方がない」と手放してしまうのは、別に個人書店だけのことではない。私が身を置く学校だって、予算がなくて、人手が足りなくて、みんな忙しすぎて、疲れすぎて、困りごとを抱えた学生のニーズに「仕方がない」とつぶやくしかないことが幾度もある。こうした「仕方がない」は、毎日のように、あちらこちらで――レストランで、居酒屋で、喫茶店で、ホテルや旅館で、家庭で、会社で、病院や福祉施設で、あるいは被災地のようなところでも――つぶやかれているのだろう。

つぶやく側は、その時、たった一つのものを諦めたのかもしれない。自分の力で背負える荷物を限界まで積み込んで、どうしても積みきれないものを、ためらいと共にその場に置いて行ったのかもしれない。でも、たくさんの人から置き去りにされた荷物は、実はみんな似たようなもので、みんなが似たような荷物を諦めているのかもしれない。だとしたら、その荷物を必要とする人にとって、この世は差別と暴力に満ちている。

勘違いしないでほしいから、あえて書くけれど、私は決してバリアフリーを諦めた人たちを効果的に責め立てる言葉を考えたいわけではない。私たちがつぶやいた「仕方がない」が積もった場所で、誰がどんな思いをしているのか。それについて、率直に話し合える仲間や機会がほしいのだ。

私という一個人には、小さな書店の静かな一画が、この上もなく心地良い。でも、おしゃれであたたかなこの空間に、私の大事な友人の幾人かは、立ち入ることさえ叶わない。私が享受した心地良さを――決して贅沢だとも特別だとも思えない心地良さを――味わうことができない。そして、ここに立ち入れない友人たちは、その他の多くの場所にも立ち入れない。こうした事実に私の胸はしくしくと疼く。

その疼きがやりきれないから、私はこうして答えのないまま、筆をとるのかもしれない。

「分かってもらえない」を分かち合いたい

街の書店には本がずらりと並んでいて、行く度に、世の中には本がたくさんあるという素朴な事実を思い知る。それでも「もうすでに本はたくさんあるし、素晴らしい書き手も大勢いるから、自分は無理して書かなくてもいいか」という発想にはならない。

待っていてくれる読者がいるから、といった素敵な理由があればよいのだけれど、そういうわけでもない。学者は本を書くのが仕事だから、という無味乾燥な理由もないわけではないけれど、これもなんだか違う気がする。

誰が読んでくれるわけでもないけれど、それでも言葉を綴ってしまう人というのがこの世界には一定数いて、そうした人の胸の内には、自分の言葉に宿るものが何かしら存在するはずだという自負というか、願望というか、あるいは妄想といったものがあるのだろう。

*

今ほど学校の業務が忙しくなかった頃、様々な領域の表現者に会って話を聞く機会がたびたびあった。ジャーナルが企画する対談だったり、プライベートな集まりだったりと、お会いするきっかけや趣旨も様々だったし、お相手も小説家だったり、美術家だったり、音楽家だったりと実に多様だった。

せっかくの機会だから何か勉強させてもらおうと思い、現役の表現者とお会いした時は、ある質問を投げかけるようにしていた。「あなたにしか表現できないことって何ですか?」という質問だ。

容易には答えにくいだろうし、表現自体を仕事にしている人に対しては不躾な問いでもあろうから、相手の人柄やその場の雰囲気を察して、聞けそうであれば聞いていたというくらいのものではあったので、きちんと記録を取っているわけでもない。

ありがたくも、この質問に応じて下さった皆さんには、何かある共通した答えというか、答え方のようなものがあった気がする。少し黙って考えた後、「自分にしかできないことなんてない」と一度は言い切るのだけれど、すぐに「でも」と言葉を継いで、熱く、長く、語りだすのだった。

とても失礼な話だけれど、一人一人のお話の内容は、あまりよく覚えていない。というより、個々人の強い思い入れに関することだから、私の理解力が追いつかないことが多かった。ただ、一つ一つ言葉を選びながら、自分の中にくすぶる何かを確かめようとする話しぶりには、強く心惹かれるものがあった。

*

今更ではあるけれど、あの頃、他人に投げてばかりいた質問を自分にも向けてみる。私にとって自分にしか書けないものとは何だろう。

いくら考えてみても、自分の中に他人より秀でた何かがあるようには思えない。どうしても思いつかない。あれだけ勉強したはずの外国語は今もなお悲惨なままだし、学術書にせよ文芸書にせよ読書量が突出しているわけでもない。調査や取材に必要な行動力や対人交渉力も、誇れるほどのものがあるわけではない。感受性も人生経験もごく一般的な人間なので、何か尖《とが》ったセンスを秘めているわけでも、特別に貴重な経験を積み重ねてきたわけでもない。

一口に言えば、凡庸な人間なのだと思う。少し寂しいけれど、認めざるを得ない。ただ、凡庸だからといって「書かない」とはならない。こんな私にも「でも」とくすぶるものがある。あるような気がする。きっと、ある。

私の中にくすぶるもの。それを「こういうものだ」と具体的に例示することはできない。分かりやすく説明もできないし、論理的に記述もできない。それでも強いて近い感覚をあげるなら、「なくしたくない」かもしれない。

子どもの頃、憧れていた従兄からもらったお菓子の包み紙がなぜかものすごく大事なものに思えて、親に叱られても、どうしても棄てられずにいたことがあった。

これに類することが幼少期の私にはたびたびあって、近所で拾った石とか枝とか、家族で行った飲食店の割り箸袋なんかがいつまで経っても棄てられず、かといって整理して取っておくこともできず、ごちゃごちゃのまま机の引き出しに入っていた。周囲の人たちからは変な子と見られていたけれど、とにかく、それらをなくしたくなかった。

今、大人になった私の中にくすぶるのは、あの頃まったく理解されなかった感覚と、たぶん同じものだろう。

私以外、誰もそれを良いとは思わないもの。

それを愛おしんだところで、誰からも理解もされないし、評価もされないもの。

でも、それが世界から消えてしまうことを、私の中の魂みたいなものが怖れ、悲しんでいるもの。

それを愛おしいとか、大切だとか思うことで、私の中にも、何かを、誰かを、愛おしいとか、大切だとか思える感情が存在すると信じさせてくれるもの。

そうしたものに言葉を与えてあげられるのは、たぶん私だけなのだという思いが、私にとって書くという営みの底にある。

この感覚は、私以外の人には分からないだろう。分かるはずがない。なぜなら他人は私ではないのだから。どれだけ説明しても分かってもらえないだろうし、分かってもらうための説明もできない。

でも、自分の胸の内には、他人には分からない大事なものが潜んでいるという思いは、実はけっこう多くの人と分かち合えるのではないか。誰にだって、こうした分かってもらえないものの一つや二つはあるだろう。

何かを抱えた者同士、その何かの中身は分からなくても、それを抱えていたいという気持ちは分かち合えるような気がする。そんな「ような気がする」があるから、どれだけ世間に本が溢れていても、私は本を書きたいと思うのかもしれない。

下駄を履いて余力を削る

文芸誌のインタビューなどで、作家が自身の執筆環境について語っていることがある。どんな仕事部屋なのか。どんな時間帯に、何時間くらい書いているのか。お気に入りの道具はどんなものか。執筆時に音楽は流すのか。流すとしたら、どんな音楽か――。

この種の記事は大正時代にはすでに登場しているから、もう一〇〇年くらい続く定番なのだろう。定番を定番たらしめているのは、優れた文章の出所を知りたいという単純な好奇心かもしれないし、作品に秘められた書き手の素顔を見てみたいという素朴なファン心理かもしれないし、憧れの作家の執筆環境に寄せれば自分も素敵な文章が書けるのではないかという健気な願いかもしれない。

以前たまたま手にした某誌で、人気作家が執筆中にかける音楽について語っていた。クラシックとジャズの通としても有名なその人の話には、よほどの音楽愛好家でなければ知るはずもないような作曲家や演奏家の名前がいくつも出てきて格好良かった。別の雑誌では、昔仕事でお世話になった著名な翻訳家の仕事部屋がカラーページで紹介されていた。無塗装の木材で揃えられた本棚と机とフローリングが羨ましいくらい素敵に見えて、思わず自宅の本棚をすべて入れ替えようかと思ってしまった。

ときどき、本のトークイベントなどに出ると、学者である私のような者にもこれに類する質問が寄せられることがあって、その度に少し困ってしまう。プライベートを秘しておきたい、というわけでもない。私の場合、執筆という営みが日々の暮らしにまみれていて、単純に絵になるような話題がないのだ。

学校の先生をしていて、父親をしていて、夫をしていると、その日一日をどうにかこうにか乗り切るだけで精一杯になる。時間と体力と気力とをまずはそれらに振り分けて、余った部分で原稿を書く。余ったとはいっても、掘り尽くされた炭鉱から石炭のガラを拾うようなもので、出勤前に洗濯機を回している時間、夕飯のおかずを煮込んでいる時間、呼び出した学生の指導が意外にすんなりいって浮いた時間なんかにキーボードを叩く。

自宅には小さい仕事部屋があるけれど、家族といつでも声を掛け合えるように、また家事の合間に仕事ができるように、リビングダイニングと直結した一間になっている。ドアを閉めて仕事に没頭することはできない。というより、しない。家族から声を掛けられたら、余程のことがない限り執筆の手を止めて席を立つ。洗濯機、炊飯器、オーブンレンジといった家電の音から意識を切り離すこともしない。でなければ、暮らしが回らない。

こんなことを言うと身も蓋もないけれど、正直な思いを吐露すると、その日その日を維持するだけでもう精一杯で、原稿なんて書いている場合じゃない。でも、それでも何かを書きたいし、何か書かずにはいられない自分がいる。自分にも、どうしようもない自分がいる。

単行本を書き下ろすような大きな仕事に取り組みだすと、その厄介な自分が「もう少しだけ……」とつぶやきながら、本来は先生として、父親として、夫として使うべきだった時間と体力と気力から、自分の原稿のための余力を削りはじめていく。良くないことだとは思う。やましい気持ちもある。でも、削ってしまう。はじめは遠慮がちにカリカリと。次第に焦りが募ってガリガリと。

削り音が鈍くにごりはじめると、胸の奥で、答えが「悔い」になる損得勘定がうごめきだす。原稿を書かなければ、もう少し学生のレポートを詳しく見てあげられたかもしれない。来週の授業で使う資料に新しい研究知見を盛り込めたかもしれない。授業の組立てをもう一工夫できたかもしれない。依頼された論文の査読に、もう一言コメントを追加できたかもしれない。校務分掌の仕事をもう少し丁寧にやれたかもしれない。知人が企画した集会に参加できたかもしれない。あと三〇分早く息子を迎えに行けたかもしれない……。

私の場合、原稿を書くのは心身にかなりの負担がかかる。少し加減を間違えると、家庭でも職場でも平凡なミスをいくつもやらかす。その都度、家族や同僚にリカバリーしてもらう。そうまでして私が原稿を書くことに、妻は一言も文句を言わない。でも、私が原稿のために削った時間と体力と気力をカバーするために、絶対に自分の時間と体力と気力を削ってくれている。見えないところで、音も立てずに。

私がこうして余力を削り出せるのは、私の中に「男」としてのずるさがあるからだろう。「男」とは夢やロマンを追いかけるもの。だから、多少周りに迷惑をかけても、きっと許してもらえるだろう――心の奥底で、そう高をくくる自分がいる。この社会が「男」に履かせた下駄の分だけ、きっちり甘える自分がいる。私にはその下駄が見えている。見えた上で寄りかかる。それは下駄が見えていない人より、よっぽど質《たち》が悪い。

その私が、差別や人権や生きづらさの問題を綴る。説得力がないようにも思う。でも、それでも、私にしか綴れないものがあると信じる。どうしても伝えたい世界や残したい言葉があるのだ――と、あたかも使命のように書いているけれど、これも浅薄な「男」の夢とロマンなのかもしれない。

仕事部屋の机に向かう時は、音楽は聴かないし、聴けない。でも、頭の中は無音じゃない。宛先が多すぎて、誰に向けて、何について言えばよいのか分からなくなった「ごめんなさい」が、通奏低音みたいに響き続けている。

文章と晩ごはん

先日、とある人から「文章を書く際に大切にしていることは？」と訊かれたので、大真面目に「ごはんです」と答えた。先方は少し戸惑った表情をしたけれど、どうやら執筆は体力勝負といった趣旨で受け止めて納得したらしく、この仕事の大変さを優しく慮《おもんぱか》ってくれた。

確かに、執筆は身体的にも苛酷な作業なので、体力を維持するためにもごはんは大切だ。だから、そう解釈されたとしても、必ずしも誤解というわけでもない。ただ、私が本意とするのは、もう少し違うところにある。

パートナーとの間で夕食を作ることを大事にしている。別に明文化した取り決めがあるわけではない。そういう雰囲気になっている、という話だ。

夕方に勤務が終わると、どちらが先に職場を出られそうか、出先でスーパーに寄れそうかなど、あれこれメールを交わしながら家路を急ぐ。大したものは作れないし、みんなで一緒に食べられるとも限らない。作ることさえできない日だって多い。そうした時は、せめて家族のごはんを心配する、という思いをお互い大切にする。

小学校高学年になった息子は、まだ手がかかるけど、そこにかかる労力は育児という語感に収まらなくなってきた。食べる量も劇的に変わってきて、以前はどうぶつの形をしたビスケットが数枚あれば足りていたおやつが、五個入りのパンを一袋あけて、後はそのへんにあるものを適当に、となってきた。帰宅後、部屋に散らばった包装紙の量を見て驚く経験が積み重なるにつれて、大切な人の空腹を気遣うことの重要度がふくらんできて、今や私にとって最大の行動規範になりつつある。

規範なんて書くと大げさかもしれないけれど、生来、少食の私の中でこうした感覚が幅を利かせるようになってきたのだから、これは結構な問題なのだろう。実際、言いようのない衝動に駆られることが増えてきた。息子や、彼の友だちや、更にその周囲の子どもたちがお腹を空かせていないかどうかが気になって仕方がなくなることが本当にあるのだ。

もともと、私は自分が子どもの頃から子どもが苦手で、親になった後もしばらくは我が子のことだけで精一杯、という感じだったのだけれど、ここ数年、痛そうに、寂しそうに、ひもじそうにしている子どもを見ると、赤の他人だろうが何だろうがどうにもこうにも寝覚めが悪いという気持ちが確実に存在感を増してきて、なんというか、簡単に言うと驚いている。

最近何かと話題になる子ども食堂をはじめた人たちも、こうした思いに掻き立てられたんじゃないかと勝手な推測をしている。その居ても立ってもいられなさが、今なら分かる気がする。

教育現場にいると、実際に食べられない子どもの話が直接間接に耳に入る。親として、大人として、教員として、子どもや若者たちがお腹を空かせることが理屈を超えて耐えられないし、子どもや若者たちがお腹を空かせることに痛痒を覚えない政治が耐え難くてもう本当にどうしようもなくなる。このひりつくような感覚を共有できない人とは基本的に分かり合えないと思っているし、そうした人のことは絶対に信用しない。

私が手がける文章は、人権や尊厳に関わるものが多い。悲惨な事件が起きれば、それについて解説したり、論評したりすることもある。傲慢なことをしていると自分でも思う。でも、というか。だからこそ、というか。何について、どんなことを書くにしても、大切な人の今日のごはんを気遣う思いの延長で言葉を綴ることを心がけている。というより、その枠内で書けない原稿は書かないのが私なりの仁義だと思っている。自分の言葉を他人様の目にさらすことを仕事にするのであれば、どんな些細なものであっても、自分なりの仁義を持つべきだ。

あなたの空腹を放ったまま、私は文章を書くことはしない――そう心の中でつぶやいてから、机に向かうようにしている。

おわりに――綴ることは、息継ぎすること

この本は、良い文章を探して歩き出した。

最初の寄り道がハンセン病療養所だったから、最後もここに立ち寄って終わろうと思う。

＊

北條民雄（一九一四～一九三七年）という小説家がいる。ハンセン病を患い、隔離収容された療養所の中で作品を書き、文豪・川端康成に才能を見出されて作家デビューした。文学史的には決してメジャーとは言えないけれど、文芸愛好家の間では「悲劇の天才」「孤高の作家」なんて称されて根強いファンがいる。

北條が生きていた頃、この病気に対する差別や偏見は、今からは想像もつかな

いほど強かった。患者はあたかも「化物」のように見られることさえあった（北條も作品でそう書いている）。自身の発病経験を小説にする人物が文壇のど真ん中に飛び込んできたこと自体、当時としては衝撃的な出来事だったのだろう。

北條は「いのちの初夜」（一九三六年）という作品で一世を風靡した。でも、彼の身体は長い創作活動に耐えられず、悲しいことに二三歳という若さで没した。死因は腸結核だった。

小説家を相手にこんなことを書くのは失礼だけれど、北條民雄は、作品より日記の方が面白い。彼の日記には自己顕示欲や承認欲求が満ち満ちていて、他の患者への悪口や医師・職員への不平不満も多くて、喜怒哀楽の波が激しくて、何というか、人間味に溢れている気がする。

当時の療養所は終生隔離が前提だった。基本的には、一度入れられたら死ぬまで出られない。人によっては死んでも出られない。遺族が遺骨の受け取りを拒んで（遺族が遺骨を引き取れない事情を抱えていて）、療養所内で供養されることも多かった。それくらい患者たちは忌み嫌われていた。

そんな療養所に、北條は二〇歳の若さで押し込められた。落ち込んだり、拗《す》ねたり、尖《とが》ったりしたのも致し方ないだろう。絶望してのたうち回る青年の日記を読んで、面白いとか人間味があるとか書くのは二重に失礼かもしれない。でも、そう感じてしまう自分がいる。

諸々の事情を差し引いても、やっぱり、生前の北條はそこそこ嫌な奴だったのだろう。日記から読み取れる彼は、気分屋で、わがままで、子どもっぽくて、傲慢だ。私はたぶん、仲良くなれない。

でも、自己顕示欲や承認欲求といった言葉から連想される黒い歴史に思い当たる節がある私は、どうしても北條民雄を心底嫌いにはなれない。彼を嫌いになることは、若い頃の自分を否定することに通じる気がする——なんて考えるのは、私がはじめて北條民雄を読んだのが、彼の没年齢と同じ二三歳の時だったからかもしれない。

＊

北條民雄の日記を何度も読んできた。でも、何度読んでも分からない箇所がある。
死の約一ヶ月前、一九三七年一一月の数日間。すでに重病室に入っていた彼は、その日に食べたものを淡々と記録している。例えば、こんな具合に。

六時洗顔。
朝食(七時二十分)
粥—一碗
味噌汁—一パイ
散薬(八時)
白頭土(九時半)
昼食(十一時)トロロ汁にて粥が出ず。
麦飯—一碗
トロロ—一碗　牛乳一合。
散薬(十一時半)

白頭土（一時）
夜。
粥　一碗
ナツパ煮付　三箸
梅干　半ヶ
散薬（四時）
白頭土（六時）
リンゴ一ヶ（十時）
幾分良し。[*1]

学者の立場から言えば、この記載に大した資料的価値はない。強いて言うなら、当時の療養所の食事内容を窺い知ることができる、というくらいだと思う。でも、彼の日記を読むたびに、この記述がどうしても気になってしまう。北條は、なぜ食べたものを記録したのだろう。

もしかしたら、これくらいしか書くことがなかったのかもしれない。この頃の北條はほとんどの時間を病床で過ごしていたから、身の回りで出来事らしい出来事も起きなかったのだろう。仮に何かあったとしても、もう衰弱がすすんでいて、込み入った文章を書く気力もなかったのかもしれない。

あるいはもっと素朴に、食べたいものが食べられないのがしんどくて、思わずその日の食事を記してしまったのかもしれない。この前日には食料品の新聞広告が気になるなんて書いているから、そうした思いもあったのかもしれない。

あるいは、こんなことも考えられる。北條は三日後の日記に「今月いっぱい今の調子にてがんばるべし。さうすればきつと癒る」と記している。元気を取り戻して原稿に取り組もうとしていた。だから、回復に向けてご飯が食べられた自分を、自分がご飯を食べられたという事実を、確かめるような気持ちで書いたのかもしれない。

どんなに考えても、実際のところは分からない。かもしれない、という推測を重ねるしかない。確かなのは、北條がこの時期になっても言葉を綴り続けていたという事実だけだ。

一つ確かなことが分かると、次の問いが浮かんでくる。どうして北條は、今にも命が尽きそうなこの時期になってまで、日記——日記らしくない断片的な言葉——を記していたのだろう。どうして、そこまで言葉を綴ることにこだわったのだろう。

作家としての性《さが》だった？

病床が手持ち無沙汰だった？

何もしないでいると不安が募るから何かしら手を動かしていたかった？

この中のいずれかもしれないし、いずれでもあるかもしれないし、いずれでもないかもしれない。これも実際のところは分からない。もしかしたら北條本人も、理由らしい理由なんて意識してなかったかもしれない。

人が何かをしたり、してしまったりすることの理由なんて、はじめから存在しているとは限らない。はっきりとしたかたちで存在しているとも限らない。それでも、人間の営みに理由がほしいと思うなら、それを欲する者が、全身全霊、誠心誠意、ふさわしい言葉を探すしかない。

この時の北條にとって何か言葉を綴ることは、息継ぎのようなものだったのではないか。個人的に、そう思っている。学術的な仮説というほどのものでもない。何というか、こう考えると彼のことが少し身近に感じられる気がする。

*

生きるという営みは、無酸素運動のようなものかもしれない。私たちは息をするいとまもなく、がむしゃらに心や体を動かしながら、どうにかこうにか生きている。そう感じられることがある。

苦しくてつらい状況に巻き込まれてしまった時、忙しすぎて心を失いそうになった時、不安で頭がいっぱいで何も手に付かない時、誰かの都合や機嫌を気遣いすぎて疲れた時、社会や世間に合わせるのがしんどくなった時……そうした時に、水面から顔を上げて、大きく息を吸うようにして、自分で自分を確かめたくなることがある。

自分を確かめる、なんて表現すると大げさかもしれない。でも、私がここで言い表したいのは、実はとても単純なことだ。

自分はこういうことが好きだったんだとか、自分はこういうことに傷つくんだったとか、自分はこうしたことが嬉しいんだったとか、そうそう自分はこういう人間だったんだとか、自分は今日こういうことをしたんだとか、自分にはこうした思い出があったんだとか——こうした些細な再確認が、生きていると時々、必要になる。

その日その日の暮らしを積み重ねて、その瞬間その瞬間を何とか生きていると、こんな些細なことも忘れてしまったり、なくしてしまったり、奪われてしまったりする。

そうした時、言葉を綴ることが、小さな息継ぎになることがある。

北條民雄が日記に綴った食べ物の記録も、もしかしたら、こうした息継ぎだったのかもしれない。病室の倹《つま》しい食事を終えて、「幾分良し」と感じられた自分を確かめたかったのではないか。本当に、ただ、それだけのことだったのではないか。

でも、そうした「ただ、それだけのこと」を積み重ねて、何とか生きているのが人間なのだと思う。だとしたら、やっぱり、北條の日記には人間味がある。

*

言葉を綴るという営みは、決して特別なものではない。歌うや踊るより崇高だなんてことはないだろうし、描くや撮るより神聖ということもないだろう。食べるや寝るより経済効果が高いなんて話も聞いたことがない。

でも、人が息継ぎなしで泳ぎ続けられないように、綴るが必要になる場面がある。そうした瞬間に、少なくとも私は遭遇することがある。どうしても要ることを特別と言うのであれば、綴るという営みは確かに特別なのだろう。

私には、言葉は自分を救えるという素朴な命題を信じたいという思いがある。あるいは、そう信じなければ、この世界を生きることがなんだかひどく怖い気がする。

今日という日の終わりに、自分の中から「幾分良し」という言葉が紡げたのなら、少なくともその瞬間、世界は幾分良かったはずだ。

そう信じることでのみ出会える、良い文章があるのだろう。

＊1　一九三七年一一月四日の日記。北條民雄の自筆日記から引用。図書館などで手に取れる『定本 北條民雄全集』(上下巻、一九八〇年、東京創元社)に日記が収録されているので、気になる人はこちらで読んでみてください。ただし、北條の没年である一九三七年の日記については、彼の親友・東條耿一によって内容が書き換えられています。引用した部分も、『定本 北條民雄全集』とは若干記述内容が異なります。

■初出一覧

やさしい言葉(「押し込められた声を「聞く」ことができるか」シモーヌ編集部編『シモーヌ』二号、二〇二〇年、現代書館)再掲にあたり本文に加筆修正を施した。

感情の海を泳ぐ(『暮しの手帖』五世紀二三号、二〇二三年、暮しの手帖社)再掲にあたり加筆修正を施した。

「心」の在処を表現する(『(14歳の世渡り術)「心」のお仕事――今日も誰かのそばに立つ24人の物語』二〇二一年、河出書房新社)再掲にあたり加筆修正を施した。

世界を殴る(「個人は国家に抗うことができるのか～「『モナ・リザ』スプレー事件」を追う」(二〇二二年四月一八日)『情報・知識&オピニオン　イミダス』集英社)を一部再掲している。

子どもと生きる(「空想書店」『読売新聞』二〇二二年三月一三日、二五面)再掲にあたり加筆修正を施した。

文章と晩ごはん(平和の棚の会二〇二三年度冊子『平和の棚』二〇二三年)再掲にあたり加筆修正を施した。

あとがき

「文章についての本を書いてみませんか」

期せずして頂いたご提案から、この本は生まれました。

振り返るに、これまで私が綴ってきた文章は、その多くが差別や人権や生きづらさに関わるものでした。どうしても重く陰鬱になりやすいこれらの問題について綴る際、私が一貫して心を砕いてきたのは、「文章が美しくあること」だったように思います。

これは文法的な正しさを重んじてきたとか、教養に裏付けられたレトリックを追求してきたとか、そういった意味ではありません。むしろ、書き手の矜持に関わる事柄だと思ってください。誰かの尊厳に関わる文章を書くのであれば、その言葉には相当の包容力がなければならないはず。私の言葉は私の大事なものを包むにふさわしい衣たり得ているか。私の大事な人が大事にするものを受け止めるだけの器たり得ているか。こうした自問自答を忘れずにいようと心がけきたという話です。

だからこそ、冒頭のご提案を頂いた時は、そもそも私の力で担える仕事なのかという心配よりも、自分の仕事で一番気が付いてほしい部分に気付いてもらえた嬉しさが上回ったのでした。その高揚感が変な浮つきになって本書に表れていないか不安がないわけではありませんが、なるべく静かな気持ちで綴ることには努めました。

執筆をはじめるにあたり、古今東西の名文を紹介したり、文章技術を伝授したりする、いわゆる文章読本のようなものを想定しました。でも、すぐに止めました。本を手に取ってくださる人に向けて賢しらに何かを教えたり授けたりするような本は、書いたところで私自身の心に響かないだろうと思ったのです。

大切なものについて綴る時、人はどんな手付きで、どんな言葉を紡ぐのか。これは私が密かに抱え続けている興味関心の一つです。ただ、こうした事柄を真に知りたいと願うなら、基本的な礼儀として、他人様のことを詮索する前にまずは自らについて語るべきなのでしょう。

文章を綴るというのは、自分の中にはどんな言葉が詰まっているのかを確かめる作業でもあります。正直しんどい営みです。にもかかわらず、この世の中には自分について綴ってしまう人がそれなりに存在しています。この事実を思う度に、私は不思議と小さく励まされます。本書がそうした綴《つづ》り人《びと》たちに必要とされる一冊になり得ていたら望外の幸せです。


最後になりましたが、本書のためにお力添えをくださった方々に、この場を借りて心よりお礼申し上げます。

この本の読んでほしいところを、これ以上ないくらい的確な言葉で帯文にまとめてくださった作家・文筆家の安達茉莉子さん、ライターの武田砂鉄さん。

本書のために、まさに圧巻の装画を書き下ろしてくださった素描家のshunshunさん。

「安心して寝室に持ちこめる静かな本にしてほしい」という私の願いを見事に叶えて下さった装幀家の名久井直子さん。

そして、冒頭のありがたいご提案をくださり、本書の完成までずっと伴走してくださった教育評論社の清水恵さん。
本当に、本当に、ありがとうございました。
もちろん、家族にも。いつも居てくれてありがとう。

文章を綴りたいと願いつつ、今日も明日も明後日も感情の海を泳ぎ続ける人たちにとって、この本が岬の灯台になってほしい……なんて大それたことは望みません。でも、否応なく海に飛び込んだ人たちのための、くらげ除けクリームくらいにはなってほしいと思っています。

荒井裕樹

二〇二四年七月
臨海学校で遠泳に挑む息子を送り出した日に

本編で紹介したエピソードの中には、個人の同定や個別のケースの特定を避けるため、若干の改変を行ったものがあります。